Dr. Faustulus

Meiner unglücklichen Schwester Irene

GEROLD KAMSTIES

Dr. Faustulus

Eine Erzählung

Der Autor bedankt sich bei seiner Ehefrau Jutta für die überaus nützlichen Einwände und Hilfen. Darüber hinaus hofft er bei der Bewertung auftretender orthografischer Mängel auf Großmut beim Leser.

Bibliografische Information der Deutschen Nationalbibliothek:
Die Deutsche Nationalbibliothek verzeichnet diese Publikation in der
Deutschen Nationalbibliografie; detaillierte bibliografische Daten sind im
Internet über <u>dnb.dnb.de</u> abrufbar.

Satz, Umschlaggestaltung, Herstellung und Verlag: BoD – Books on Demand,
Norderstedt
ISBN: 978-3-7543-6257-0

Doktor Faustulus
Versuch und Irrtum

I

Die Umstände waren schuld und die durch das lange Allein-
sein entstandenen verschrobenen Gedankengänge, denn eines
Abends, fast genau ein Jahr nachdem ihn seine Frau aus der
gemeinsamen Wohnung gewiesen hatte, drängte es Ulrich,
ohne widerstehen zu können, sich auf die Straße zu begeben
und unter das Volk zu mischen.

Er verließ seine beengende Zweizimmerwohnung, die in einer
schmalen Abzweigung einer belebten Einkaufsstraße lag und
reihte sich ein unter die Menschen, die sich in beinahe idealer
Unordnung auf dem Trottoir bewegten und kurz vor Torschluss
versuchten, ihre Einkäufe unter Dach und Fach zu bringen.

Wie immer begeisterten ihn die vielen weiblichen Passanten,
die, der sommerlichen Temperatur angepasst, leicht bekleidet,
mit wippenden Röcken, tief dekolletiert vielfach – let swing
auf der ganzen Linie – zum Eingang des dort gelegenen Kaufhauses eilten.

Zum Teufel, dachte er, warum immer wieder diese merkwürdige Faszination, obwohl man weiß und es jedermann sieht,
dass Unterhautfettgewebe, Fettzellen also, für die reizvollen
weiblichen Formen, Leonce und Lena nannte er sie ein wenig albern, verantwortlich sind. Liegen die Evolutionsbiologen
richtig, wenn sie behaupten, dass wir armseligen unbewusst
gelenkten Kreaturen auf diese Weise gelockt werden, weil wir
bei gut anzuschauenden Individuen und deren wohlpropor-
tionierten Geschlechtsmerkmalen die besten genetischen Voraussetzungen erwarten? Aber warum, dachte er, warum kann
diese rätselhafte Anziehung bisweilen sich umkehren so, dass
das Erscheinungsbild uns abstößt?

Ohne über diese Frage länger nachzudenken betrat Ulrich
das große Kaufhaus.

Was ist über ihn zu sagen? Nach seiner Vorstellung war er ein Mann in den besten Jahren, im Leben stehend, belastbar. Ein Wunschbild? Zu seinem Bedauern, denn er wusste es, wich sein Aussehen und seine Außenwirkung in der Realität von seinem Traumbild deutlich ab – seine Haltung insgesamt ließ Stolz und Selbstbewusstsein vermissen; er war ein unscheinbarer, zurückhaltender Mensch, den man im übernächsten Moment wieder vergaß.

Nun durchstreifte er in der Einkaufsstätte unschlüssig dessen Gänge, in denen auf beiden Seiten, hinter großen Schaufensterscheiben Waren ausgestellt waren. Wir beobachten ihn aus der Ferne. Was hat er vor, unser Held? Wir rätseln; sein Verhalten ist nicht zielgerichtet, es lässt immer noch mehrere Deutungen zu. Nun hat er eine weibliche Person, welche offensichtlich der Tiefgarage zustrebt, ins Auge gefasst. Ein Opfer?

Die Frau ist mittelgroß, von regelmäßiger Statur, etwa Anfang fünfzig, also mehr als zehn Jahre jünger als er, schlank, dunkelhaarig, sympathisch. Er folgt ihr; sie hört wahrscheinlich seine Schritte, erahnt, dass es die eines Verfolgers sein könnten und beschleunigt ihren Gang in dem ansonsten menschenleeren Flur.

Soeben vernimmt man die weibliche Stimme der Ansage: Das Einkaufszentrum werde umgehend geschlossen.

Die Flüchtende, Ulrichs Opfer, hastet den Gang entlang auf die Tür zu, die zur Tiefgarage führt. Der Zugang ist zu ihrem Schrecken bereits verschlossen. Die Frau macht kehrt und kommt auf ihren Verfolger zu. Er sieht ihr ins Gesicht, das hübsch ist, unübersehbar etwas angstvoll. Er zögert, er überlegt erkennbar sein weiteres Vorgehen; noch bevor er damit zum Ende kommt, erhält er von der Frau einen Tritt gegen sein rechtes Schienbein. Er krümmt sich zusammen, hält sich das schmerzende Bein; die Verfolgte entflieht.

Der körperliche Schmerz brachte ihn zur Besinnung; er verwandelte sich zu seelischem Unwohlsein derart, dass sein Gewissen heftig schlug. Er schämte sich, denn ihm waren – vermutlich durch Erziehung, weniger durch Vermächtnis – moralische Maßstäbe eingepflanzt worden, die ihn das Verwerfliche seiner Gedanken, zu einer frevelhaften Tat war es ja nicht gekommen, erkennen ließen.

Er bereute sein Verhalten, das war offensichtlich. Was dachte er, wie ist seine sichtbare Betroffenheit zu deuten? Möglicherweise bat er in diesem Augenblick darum, solche Versuchungen, solche unmoralischen Anwandlungen in Zukunft von ihm, von seiner Person, fernzuhalten. Wenn dies zuträfe, an wen wohl richtet er solch eine Bitte? An die eigene Natur, das Schicksal, Gott im Himmel? - Gibt seine Erziehung einen Hinweis?

Oder war das Beobachtete womöglich ganz harmlos? Führt uns diese Extrapolation und die sich ergebende Fährte in die Irre? Schließlich bestimmen viele geheime Beweggründe das menschliche Tun und ihre Gesamtheit ist einer physikalischen Kraft ähnlich, welche als Resultierende vieler unterschiedlicher Kräfte den Weg eines Massenpunktes, eines Lebewesens bestimmt.

Andererseits hatte er Gedanken solcher Art, wie sie zu seinem beobachteten Verhalten in dunklen Gängen passen, früher bereits seiner Ehefrau zu deren großem Erschrecken offenbart. Sie hatte ihn gewarnt, ihm ins Gewissen geredet, ihm großen Ärger prophezeit. Seiner, ihrer Ehe jedenfalls, das sei noch erwähnt, war diese Aufrichtigkeit nicht gut bekommen; man trennte sich letztlich.

Dann liegen wir gegebenenfalls doch richtig, dann ist dieser Hilferuf doch denkbar, eventuell auch ein Hilferuf an Gott im Himmel?

Man ist geneigt, an dieser Stelle ungläubig den Kopf zu

schütteln, mehr wahrscheinlich über solcherart vermutete naive Frömmigkeit als über jenes geschilderte vermeintlich triebhafte Verhalten. Möglicherweise wird man sich sogar weigern, all diese Andeutungen zu übernehmen und Beweise, zumindest aber überzeugende Aufklärung einfordern.

Nun also: Unser Held war in seiner Jugend zu einem gläubigen, ja frommen Menschen erzogen worden. Dies geschah weniger in der kirchenkritischen Familie – schließlich hatte damals, in seiner Kindheit, eine neue Zeit begonnen – als im Unterricht in den Grundschulen, Zwergschulen, die er nacheinander, Umstände halber, in zwei bayrischen Dörfern besuchte.

Kriegswirren, Ausbombung und Flucht hatten seine Mutter, seine Geschwister und ihn in die Nähe eines katholischen Wallfahrtsortes verschlagen, in dessen Nähe auch ein späterer Papst Lebensjahre verbrachte. – Sollten sie sich über den Weg gelaufen sein?

In seinen ersten Schuljahren wurde der Religionsunterricht, ein wichtiges Fach neben Lesen, Schreiben und Rechnen, von dem Dorfpfarrer erteilt. Ulrich war eine Stütze dieses Unterrichts. Und der Geistliche förderte den Jungen nach Kräften, nicht nur durch lobenswerte, jedoch unverfängliche Hinwendung, sondern auch durch Taten dergestalt, dass er dem ewig hungrigen Flüchtlingskind und seiner Familie Essbares zusteckte.

»Ich fühlte mich wohl in meiner Dorfschule«, erzählte Ulrich, wenn im Freundeskreis Kindheitserinnerungen ausgetauscht wurden. Und sehr ausführlich, wegen der Wiederholungen nicht immer zum Vergnügen mancher Zuhörer, berichtete er bei solchen Gelegenheiten aus seiner Schulzeit und den Lebensumständen in bayrischen Landen.

»Ich hatte einen mehr als einstündigen Schulweg, vier Kilometer, mit Nachbarskindern, bei Wind und Wetter. Im Klassenraum, in dem die ersten beiden Klassenstufen gemeinsam unterrichtet wurden, war es im Winter dank eines großen geheizten Ofens wohlig warm; an den Geruch, es roch nach trocknenden Kleidungsstücken, die wir im Winter an ihm aufgehängt hatten, kann ich mich gut erinnern. Der Unterricht in der Zwergschule war überaus kurzweilig, konnte man doch als Jüngerer am Unterrichtsgespräch der Älteren teilnehmen und sich mit diesen messen.

Im Religionsunterricht führte uns der Dorfpfarrer häufig über den Friedhof in die benachbarte Kirche, in der wir, nach Geschlecht getrennt, seinen Worten lauschten. Ich kann mich gut an den auf mehreren Bildern dargestellten Kreuzgang, den man unter den strengen Blicken des Pfarrers inbrünstig betrachtete, erinnern, auch an die im Eingangsbereich, in einem Vorraum der Kirche, hinter einem Gitter aufgestapelten mit Namen versehenen Totenschädel, die bei uns Kindern fromme Schauer auslösten.

Diese Umstände, auch der hilfsbereite, mir zugewandte katholische Geistliche, auch die Frömmigkeit meiner Schulwegkameraden, mehrere halfen beim Gottesdienst als Ministranten, bewirkten – kurz, ich wollte konvertieren, um es meinen morgendlichen Begleitern, die später tatsächlich Pfarrer wurden, nachzumachen.

Meine evangelisch – lutherischen Eltern aus der aufgeklärten, hanseatischen Großstadt in Norddeutschland protestierten und widerstanden dem schmeichlerischen Werben des Priesters.«

So lebte sie auf, die Vergangenheit, und gerne erzählte Ulrich, wenn sich die Gelegenheit ergab, weiter aus seiner Kindheit: Dass er und seine Familie einmal den Bauernhof gegen einen anderen tauschten, weil unter der neuen Adresse der angebotene Wohnraum größer war, dass er deswegen die Grundschule in einem Nachbardorf besuchte, dass sie häufiger, zu Fuß versteht sich, den benachbarten, jedoch weit entfernten Wallfahrtsort besuchten, weil es hier ein Kino gab, weil Bekannte, ebenfalls Flüchtlinge, dort wohnten. Und schließlich, dass er am Ende seines Aufenthalts in Bayern – die Familie kehrte aus Süddeutschland zurück in die norddeutsche Heimatstadt – noch für ein halbes Jahr das Gymnasium in der historisch bedeutsamen Kleinstadt B. besuchte.

»Ich war Fahrschüler; den Bahnhof erreichten wir mit dem Fahrrad, eine Zugfahrt und ein Fußmarsch aus der Neustadt in die Altstadt des Zielortes schlossen sich an. Der Zug war um diese Zeit angefüllt mit Schülern. An jeder Station wurde ihre Anzahl größer, man kannte sich, man spielte miteinander, die Älteren vervollständigten während der Fahrt ihre Hausaufgaben. Es war schön und interessant, eine neue Welt tat sich auf für mich, eine richtige Stadt, die große, geheimnisvolle Schule, die direkt an dem Fluss lag, der Österreich und Bayern trennte, die neuen Schulfächer, eine Fremdsprache, Sportunterricht in einer richtigen Turnhalle, die vielen neuen Lehrer. Im Religionsunterricht wurde die Klasse aufgeteilt, weil ein großer Teil der Schüler evangelischen Unterricht beanspruchte – durch die vielen bildungsbeflissenen Flüchtlingsfamilien waren die Katholiken in einigen Klassen sogar in der Minderheit.«

II

Die Worte und Taten weniger Auserwählter, Männer wie Frauen, bestimmen das Weltgeschehen. Das jedenfalls können wir manchen Aussagen der Geschichte, auch manchen Geschichten entnehmen. Von diesen Menschen, wir sollten sie bedeutend nennen, wird uns in Wort und Schrift berichtet; von ihrem Leben wird erzählt, das sie in jener Zeit führten, in der sie, wie bei einem rollenden Rad, in dessen Speichen man bremsend oder beschleunigend hineingreift, den Lauf der Geschichte veränderten.

Seltener hingegen wird uns das Tun derjenigen geschildert, die in den Augen der Chronisten nicht zu den Häuptlingen gehörten, das Wirken der so genannten kleinen Leute nämlich; jene werden uns meistens vorenthalten. Ja, sogar die frühen Worte und Taten der späterhin Berühmten bleiben für viele von uns im Dunkeln, ganz zu schweigen von denjenigen, deren Bedeutung für den Geschichtsverlauf von den Zeitgenossen nicht erkannt wurde.

Darüber hinaus gibt es neben den kaum Erwähnenswerten solche, deren Dasein wir abtun, weil es allzu lächerliche, wenn auch oft tragische Züge aufweist.

Im Zusammenhang mit dem Untergang des Weströmischen Reiches, man legt dieses Ereignis etwa auf das Jahr 476 nach Christi Geburt, wird von den Geschichtsschreibern der Name Romulus erwähnt. Er war der Sohn des Heerführers Orestes; dieser hatte seinen Spross als zukünftigen Kaiser vorgesehen. Romulus trug, soweit bekannt ist, in den Jahren 475/476 politische Verantwortung. Seine Truppen hatten seinem Namen zusätzlich den Namen Augustulus hinzugefügt, Kaiserchen. Romulus Augustulus nannten sie ihn voller Spott, im Unterschied zu den Herausragenden, den Bedeutenderen in der römischen Geschichte.

Das Kaiserchen also! Einer Sternschnuppe ähnlich erschien und verglühte sein Name; in einem Satz wird sein Auftauchen und sein Verschwinden in den Büchern erwähnt und ein nasser Schwamm genügt, um seine Spuren zu entfernen. Oder wissen wir Weiteres von ihm, über ihn? Spezialisten, Experten vielleicht, wir jedenfalls schütteln den Kopf.

Doch halt! Sollten wir den nassen Schwamm nicht doch aus der Hand legen, ist unser arrogantes, abwertendes Urteil – lächerlich – bei ihm und bei anderen nicht vorschnell?

Das Leben solcher Menschen verläuft oft tragisch, das mag richtig sein. Aber machen sie sich immer lächerlich? Wäre es nicht denkbar, dass große Zweifel sie bei ihrem Tun begleiten, sie lobenswert bescheiden sind und sich niemals anmaßen, die Welt beglücken zu können.

Vielleicht wollen sie nur ihre Pflicht tun oder etwas Angefangenes zum Ende bringen.

Dies gelingt nicht immer; manchmal, wenn widrige Umstände bremsen, reicht die Zeit nicht, manchmal stehen andere Dinge im Wege.

III

Nach wie vor leitete Herr Professor Dr. B. das Krankenhaus, das sich auf Gelenkersatz spezialisiert hatte und das, von seinem rechtlichen Stand her zwar gemeinnützig, jedoch keine Einrichtung der öffentlichen Hand war. Professor Dr. B., ein Pionier in der Orthopädie, wegweisend bei der Bekämpfung der Gelenkdegeneration, ein älterer Herr um die Siebzig von hagerer, großer Gestalt, hatte das Skalpell vor einigen Jahren aus der Hand gelegt. Trotzdem war er tagtäglich im Krankenhaus anzutreffen; er durchstreifte das Haus, denn es war sein Lebenswerk, kümmerte sich um Neueingewiesene, verströmte Optimismus und beriet in seiner noch regelmäßig abgehaltenen Sprechstunde zaudernde Patienten, überzeugte sie von den hervorragenden Eigenschaften der Kunstgelenke und erzählte vom hohen Stand der Implantationstechnik.

Auch Ulrich hatte ihn kennen gelernt. An der dem Chefarzt eigenen weißen Hose, an seinem weißen Kittel war er unschwer als solcher zu erkennen. Er trug ein am Hals offenes weißes Hemd; da er den Kittel nicht zugeknöpft hatte, konnte man erkennen, dass die Hose durch einen Gürtel gehalten wurde, der oberhalb der leichten Leibeswölbung, die man bei schlanken, älteren Männern oft beobachtet, verlief. Er war glattrasiert, uneitel schien er zu sein, denn bei näheren Hinsehen konnte man so manches längere Haar, das vom Rasiergerät nicht erfasst worden war, erkennen.

Ulrich sah sich damals genötigt, diese Klinik aufzusuchen. Er war gerade 52 Jahre alt geworden und litt seit längerer Zeit an seiner schmerzhaften linken Hüfte; die Behinderung nahm von Jahr zu Jahr zu, sodass er sich einen stark hinkenden Gang angewöhnt hatte. Er erhoffte sich vom Einbau eines kunstvoll angefertigten Ersatzhüftgelenks eine gesteigerte Lebensqualität; ja, er hoffte im Stillen sogar, mit dieser Prothese sein früheres Leben – wir müssen hierauf noch zu sprechen kommen – in großer Annäherung weiterführen zu können.

Ulrich zog also mit dem nötigen Handgepäck zwei Tage vor dem angesetzten Operationstermin in diese Klinik ein und unterwarf sich willig den von den Ärzten als nötig angegebenen Untersuchungen. Vor allem die Belastbarkeit des Herzens wurde geprüft, denn die Ausschaltung der Schmerzempfindungen und die Operation selbst mit dem damit verbundenen Blutverlust beanspruchen dieses Organ erheblich. Ulrich bestand alle Tests ohne Beanstandungen und verbrachte zwei geruhsame Tage bei komfortabler Betreuung in seinem Zimmer im Krankenhaus. Die Zeit wurde ihm nicht lang, standen ihm doch zur Unterhaltung etliche Zeitschriften, über Golf berichteten sie, und ein Band mit Kurzgeschichten zur Verfügung.

Die anschließende Operation gelang; als Ulrich aus seinem dämmrigen Zustand – er war nur lokal betäubt worden – gänzlich erwachte, nahm das Unglück seinen Lauf.

Ihn fröstelte derart, dass seine Zähne aufeinander schlugen; ein Präparat, eine Flüssigkeit, er meinte, den Namen Dolantin gehört zu haben, wurde in die Braunüle, die in seinem Arm steckte, geträufelt. Ulrich wurde schläfrig, große Übelkeit setzte ein. »Mir ist so schlecht«, sagte er noch, sieht, wie sich Schwestern ihm zuwenden, wohlige Müdigkeit übermannt ihn, eine sonnige Gartenlandschaft, wunderschön anzuschauen, breitet sich vor ihm aus. Wohlbefinden.

»Sie hatten einen Herzstillstand«, sagte jemand zu ihm, als er erwachte.

»Herzmassage haben sie bekommen, wir haben sofort Atropin gespritzt. Der Vagusnerv, der den Herzschlag steuert, hat den Stopp veranlasst.«

Mit dieser Information, beruhigend zunächst, versank Ulrich

in einen Halbschlummer. Was war das, grübelte er, du warst deinem Ende nahe? Unser Ulrich überdachte sein Leben, ähnlich den Sterbenden, denen man nachsagt, dies im Zeitraffer zu tun. »Was ist deine Lebensleistung«, fragte er, und »es ist so herzlich wenig«, antwortete er. Und er sah nach oben gen Himmel und flehte darum, ihm zu helfen. Wobei? Ein bedeutender Mensch zu werden, auf dass Zufriedenheit einkehre in sein Herz.

Träumte er das Weitere? Auf alle Fälle kam ihm zustatten, dass er genauso wie ein Träumer, die sperrigen Hindernisse der Wirklichkeit entweder nicht bemerkte oder sie mit Leichtigkeit umschiffen konnte. Jedenfalls sah er sich, als sei es ein Traum, erkennbar um Lebenshilfe bittend im Gespräch mit einer Person um die Siebzig, von hagerer großer Gestalt, bekleidet mit weißen Hosen, einem weißen, am Kragen offenem Hemd, einem nicht zugeknöpften weißen Kittel, das Gesicht glattrasiert.

Sein Gesprächspartner, der Mann in Weiß, lachte, er lachte ihn geradezu aus. »Wo denkst du hin«, sprach er und duzte ihn ungeniert, »soll ich dir etwa helfen, deine Lebensträume zu verwirklichen. Ich habe soviel zu tun, ich kann doch nicht jeder Bitte einer einzelnen Person nachkommen. Ganze Völker erflehen meine Hilfe. Du weißt doch sicher, dass sich zur Zeit gerade die Serben und Kroaten streiten. Beide Völker glauben an mich, ihre Priester beten im Namen ihrer Gläubigen zu mir und bitten um meinen Beistand bei ihren Grenzstreitigkeiten. Wie soll ich mich hierbei entscheiden? Das sind die Probleme, die mich umtreiben – und dann kommst du mit deinem Anliegen! Hilf dir selbst, so bin ich auf deiner Seite.«

Tief enttäuscht, die vertröstenden Worte im Ohr, wachte Ulrich auf. Wenn auch seine körperlichen Schmerzen geringer geworden waren – er hatte Tränen in den Augen. Waren es Tränen der Enttäuschung über diese Abfuhr oder waren sie hervorgerufen, fragen wir uns, durch sein Erschrecken über seinen Herzstillstand.

IV

Lange Tage, lange Jahre folgten. Ulrich verbrachte sie in seiner Heimatstadt so, wie es sein Beruf von ihm erwartete: Erklärend, lesend, schreibend, berichtigend, ohne Extrema, als da sind Hoch- bzw. Tiefpunkte. Seine Lebensarbeitszeit endete schließlich; leidenschaftslos trat er in den Ruhestand. Um seine Tage zu füllen, als sei die Lebenszeit unbegrenzt, vergnügte er sich nun häufiger beim Tennisspiel. Er hatte diese Sportart, die auf körperbetonte Zweikämpfe oder Auseinandersetzungen ganz verzichtet und vor allem Technik, Laufvermögen und Geduld abverlangt, in jüngeren Jahren lange und leidenschaftlich ausgeübt, so lange, bis die Anfälligkeit seiner Hüftgelenke ihn zwang, wortwörtlich, kürzer zu treten. Obwohl Ulrich wusste, dass seine Sportleidenschaft seiner Gesundheit abträglich war, verabredete er sich regelmäßig mit einem Clubkollegen, einem Zahnarzt im Ruhestand, einem der letzten Ärzte, der noch nicht zum Golf abgewandert war, zur sportlichen Auseinandersetzung auf dem Tennisplatz.

Zum einen war sein Gegner besiegbar, nicht unwichtig für einen ehrgeizigen Menschen, zum anderen war der anschließende Umtrunk mit ihm meistens höchst vergnüglich. Der Arzt im Ruhestand erzählte gerne lustige Erlebnisse; auch Witze, die er irgendwo aufgeschnappt hatte, gab er gekonnt zum Besten. Denn er hatte die erwähnenswerte Fähigkeit, sich diese gut merken zu können:

»Die Frauenbeauftragte des Hamburger Senats, eine Grüne, hatte in Wilhelmsburg einen Arbeitskreis ins Leben gerufen; man erörterte bei den Zusammenkünften Fragen zur Stellung der Frau in der Gesellschaft und in der Familie. Regelmäßig trafen sich nun Frauen verschiedener Nationalitäten am Donnerstag um 20 Uhr im Wilhelmsburger Gemeindezentrum, im Raum B.

Man hatte beim letzten Treffen darüber diskutiert, wie man den Ehemann im Haushalt einbinden könne und z.B. zur Hausarbeit heranziehen könnte. Es wurde heftig debattiert, viele Beiträge wurden eingebracht. Einig war man sich letztlich darin, dass dem Manne Zeit gegeben werden müsse, sich von seiner angelernten, gewohnten Rolle zu verabschieden.«

Zwei weitere Mitglieder des Sportvereins hatten sich als Zuhörer der Gruppe hinzugesellt. Der Erzähler fuhr fort, weitschweifig, es schien ihm Spaß zu machen:

»Vierzehn Tage später, einmal war die Veranstaltung wegen eines Geburtstages eines Kindes in der Familie der Frauenbeauftragten ausgefallen, traf man sich wieder im Gemeindehaus in Wilhelmsburg, im Raum B. ›Ob schon jemand erprobt habe, was das letzte Mal besprochen wurde?‹

Eine Beteiligte meldet sich, Anastasia, Kasachin: ›Igor, habe ich zu meinem Mann gesagt, du musst Wäschemaschine leer räumen auch einmal und aufhängen Wäsche auf Leine!

Am ersten Tag nichts, am zweiten Tag nichts, am dritten Tag aber ich staune: Wäschemaschine leergeräumt und Wäsche hängen ordentlich auf Leine.‹

Großer Beifall der Zuhörerinnen.

Eine zweite Teilnehmerin meldet sich, Amelia aus Palermo: ›Ich habe meinen Giovanni aufgefordert: Du musst Geschirr sauber waschen und in Schrank stellen, wenn du essen Spagetti mit deine Freunde.

Ich ihm Zeit lassen. Am ersten Tag nichts, am zweiten Tag nichts. Am dritten Tag Geschirr sauber und ordentlich im Schrank, Besteck er leider haben vergessen.‹

Großer Beifall der Anwesenden, über das kleine Versäumnis wird gerne hinweggesehen.«

Ulrichs Sportfreund erzählt weiter:»Gökan, Türkin offensichtlich, meldet sich.

›Ich sagen zu meinem Ertan: Ertan, du haben zwei weiße Hemden, die du anziehen, wenn du gehen in Kaffeehaus mit deine Freunde. Du musst bügeln diese Hemden selber!‹ ›Was ist dann passiert, fragen neugierig die Zuhörerinnen.‹ ›Am ersten Tag ich nichts sehen, am zweiten Tag wie ersten Tag, ich nix sehen. Am dritten Tag ich kann sehen ein wenig aus rechte Auge: Ertan sitzen an Tisch und trinken Kaffee.‹«

Laut, dröhnend, für manche Ohren an Nachbartischen störend, war das Gelächter in der Gruppe der vier Tennisspieler. Selbst der eine der beiden neu Hinzugekommenen, terminologisch ein Gutmensch nach Sprechweise und Verhalten – auch die sportliche Erfolglosigkeit passte ins Bild – lachte heftig, wobei er sich sogar einmal mit den Händen auf seine Oberschenkel schlug.

Ulrich war ein aufmerksamer Zuhörer beim Vortrag solcher Geschichten. Wie unterschiedlich waren doch deren Inhalte, wie verschieden waren die Reaktionen der Zuhörer. Wo entstehen Witze dieser Art, wer hat sie sich ausgedacht? Eigentlich, beobachtet man, wird doch immer nur Aufgeschnapptes kolportiert.

Auch Ulrich, zurückhaltend, nicht streitbar, in seinem Sport bezwingbar, nicht unbeliebt deshalb, gab in solchen Stunden derartige Geschichten zum besten. Er tat dies bemüht, nicht eigentlich gekonnt; trotzdem erzielte er bisweilen einige Lacher, auch weil ihm manchmal das Missgeschick passierte, dass er die Pointe verpatzte.

Umso erstaunter wird der Leser sein, dass Ulrich trotz dieses zurückhaltenden Charakters, ja, man muss es aussprechen, seiner nicht sonderlich geistreichen Außendarstellung, mehrfach in seiner Tennismannschaft bei den obligatorischen Pflichtspielen im Frühjahr als Mannschaftsführer fungierte. Er übernahm diesen Posten bewusst, obwohl neben den organisatorischen Pflichten – dies war für ihn das geringste Problem – ihm auch die Aufgabe zufiel, nach dem Ende der sportlichen Auseinandersetzung, beim Essen, eine kurze, möglichst geistreiche Rede zu halten, die über das bloße Verkünden des Spielendstandes hinausging.

Denn geistvoll wollte er sein, unser Ulrich, dieser Ehrgeiz zeichnete ihn aus. So kam es, man glaubt es kaum, dass er sich in den Anfangsjahren auf das Schlussbankett vorbereitete, derart, dass er sich Gedanken machte darüber, welche aktuellen Themen man zur Sprache bringen könne, welche Witze die Rede bereichern würden.

Diese lobenswerte Ernsthaftigkeit – für manchen der Anwesenden, der ein Getränk herbeisehnte, der hungrig war, der entspannen wollte, war das Ergebnis solcher Vorbereitungen sicher nur eine lästige Geduldsprobe.

V

Ulrich beschäftigte sich in seiner großzügig bemessenen Freizeit – wir haben ihn kennen gelernt und wundern uns also nicht – mit dem Versuch, Episoden eines bestimmten Zeitintervalls seiner Jugend aufzuschreiben. Er wollte, das war sein zusätzliches Anliegen, dabei auch das aufregende Leben eines Freundes, mit dem er viel Zeit verbracht hatte, der musikalisch war, der Gitarre spielte, zu dem die Freundschaft innig war, mit großer Sorgfalt schildern. Auch die Beziehung zueinander wollte er sezieren. Er meinte, der Welt etwas mitteilen zu müssen und hatte sich mit diesem Gedanken im Kopf an die Arbeit gemacht.

Es ging nun allerdings nur erschreckend langsam voran, in Millimeterschritten, um ein Maß anzugeben, entfernte er sich von der Startlinie dem weit entfernten Ziel entgegen. »Wenn mir doch etwas einfiele«, sprach er oft mit sich selbst, »wenn mir doch irgendein guter Geist zur Hilfe käme und mir den Fortgang der Handlung einflüsterte.«

Eines Morgens, als Ulrich sich aus seinem Bett erhob, um den Weg in sein Badezimmer anzutreten, bemerkte er zu seinem Schrecken, dass er nur unter Schmerzen sein linkes Bein bewegen konnte, ja, dass bereits die geringste Belastung dieses Gliedes ihm fast unerträgliche Pein bereitete.

»Was geschieht dir«, fragte er sich und gestand sich gleichzeitig in Panik ein, denn dieser charakteristische Schmerz war ihm nicht unbekannt, dass sein Gelenkersatz ihm nach sieben Jahren ein weiteres Mal den Dienst aufgekündigt hatte und sich – vermutlich im Knochen des Oberschenkels – gelockert hatte.

Was folgte? Es war das schon bekannte Procedere: Zunächst

durch eine Röntgenaufnahme die Bestätigung, dass seine Befürchtung nicht unbegründet war. Ein Operationstermin wurde angeboten und auch akzeptiert, Blutabnahme für das Eigenblutdepot, Besprechungen und Informationen.

Danach begab sich Ulrich in die Hand der Ärzte, insbesondere in die Hände von Herrn Prof. Dr.Mühsam, Chefarzt der Orthopädie, ihm als Operateur empfohlen, sowohl von Fachleuten als auch von Betroffenen.

Unser Patient wurde im Chefarztzimmer empfangen. Nach einer kurzen Untersuchung, bei der die Beweglichkeit des zu operierenden Beines getestet wurde, kamen auch die Erfolgsaussichten bei diesem Prothesenwechsel zur Sprache.

»Ich kann Ihnen helfen«, sprach der Herr Professor und trat so nahe an ihn heran, bedrohlich beinahe, dass der Angesprochene unwillkürlich ein wenig zurückwich.

Dr.Mühsam war ein großer, massiger Mann, dessen Verhalten im Gespräch eine Mischung war aus Chefarztattitüde und Chefarztgüte. Er wirkte durch sein Äußeres sehr überzeugend; seine Lesebrille saß in einer Art professoraler Zerstreutheit auf der vordersten Nasenspitze, buschige Augenbrauen überschatteten seine Augen. Sein schütteres Haar war lang; er hatte es zurück gekämmt, es bedeckte seitlich die Ohren und im Nacken den Hemdkragen.

»Ich kann Ihnen helfen«, wiederholte er, »Sie werden wieder laufen können wie ein Wiesel, Sport können Sie treiben, fast alle Sportarten – in Maßen natürlich – Bergsteigen, Wandern – alles ist Ihnen wieder möglich.«

»Per aspera ad astram, durch Widrigkeiten zu den Sternen«, fügte er noch an.

So redete er, und Ulrich, der kein Neuling war auf dem Gebiet Hüftgelenkersatz – es stand für ihn schließlich, alle mitgerechnet, die dritte Gelenkoperation an – registrierte zwar, dass sein Gesprächspartner den Akkusativ Plural, astra, falsch gebildet hatte, ansonsten aber glaubte er zu gerne den ein ganz klein wenig marktschreierischen Worten des Arztes. Mehr noch: Die knappe Aussage, ›ich kann Ihnen helfen‹, klang in seinen Ohren wie eine Heilsbotschaft, die dazu beitrug, seine eher depressive Stimmung in eine zuversichtliche ja euphorische zu verwandeln. Beschwingt trat er den Heimweg an, voller Optimismus erschien er zum Operationstermin im Krankenhaus. Ohne Bedenken unterschrieb er die Einverständniserklärung für den ärztlichen Eingriff und für die Modalitäten der Abrechnung. Er bestätigte, dass in der Leistungsvereinbarung zwischen dem Universitären Gelenkersatzzentrum (UGZ genannt) und dem Patienten Ulrich ... über gesondert berechenbare ärztliche Leistungen durch Prof. Dr.Mühsam, er darüber aufgeklärt wurde, dass auch dann, wenn nachgeordnete Ärzte ihn behandelten, der Professor liquidationsberechtigt bleibe und dass die Bezahlung einzelner Handreichungen durch die Gebührenordnung festgelegt sei, auch dass es Steigerungsfaktoren gäbe, die diese Gebührenordnungssätze für einzelne ärztliche Leistungen erhöhten.

Auch den weiteren Text unterschrieb er ohne Zögern. Er lautete:»Im einzelnen richtet sich die konkrete Abrechnung der ärztlichen Leistungen nach den Regeln der amtlichen Gebührenordnung für Ärzte; welche Gebührenpositionen bei Ihrem Krankheitsbild zur Abrechnung gelangen und welche Steigerungssätze angewandt werden, lässt sich nicht abstrakt vorhersagen. Hierfür kommt es darauf an, welche Einzelleistungen konkret erbracht werden, welcher Schwierigkeitsgrad bei der Leistung anzusetzen ist und welchen Zeitaufwand sie erfordert.«

Dieses entschlossen abgegebene Einverständnis zeigte, wie sehr unser Patient seinem Arzt vertraute, wie geschickt dessen Worte gesetzt waren. Man wundert sich; warum so wenig Misstrauen? Könnte dieser anstehende Eingriff nicht auch die

Folge einer missglückten Operation sein, wäre nicht Skepsis angebracht? Für Ulrich jedenfalls und das UGZ war diese gelassene Ergebenheit ein glücklicher Umstand. Denn willig, ohne Erregung, fügte er sich in sein Schicksal, gegen das er sich bei früheren Operationen noch gewehrt hatte, derart, dass er kurz vorher in Versuchung gewesen war, aus dem Bett aufzuspringen und den Heimweg anzutreten, weil er sich schmerzfrei fühlte.

Die anstehende Operation gelang, wie auch die beiden vorangegangenen gelungen waren. Und wiederum, wie nach dem ersten Eingriff dieser Art vor etlichen Jahren, träumte Ulrich. Oder hatte er das Folgende wirklich erlebt?

Es war so: Dr. Mühsam trat an sein Bett und reichte ihm die Hand. Wohlwollend sah er auf ihn herab, auf sein nach der Narkose blasses Gesicht: »Ich kann Ihnen helfen«, sprach er leise, wobei er Ulrichs Hand festhielt.

»Haben Sie ein wenig Zeit für mich«, fragte dieser.

»So viel Zeit Sie wollen«, entgegnete der Arzt, und Ulrich erinnerte sich an die erste Operation vor etlichen Jahren. Damals hatte sein Gesprächspartner mit dem Hinweis auf andere, wichtigere Verpflichtungen das Gespräch abgekürzt.

»Vor vierzehn Jahren hatte ich ja, wie sie wissen, nach der Operation einen Herzstillstand, überlebt habe ich mit ein wenig Glück. Mir ist also viel Zeit geschenkt worden, ich habe sie aber so wenig genutzt – nichts will mir gelingen. Die Zeit, diese undefinierbare, vertrackte physikalische Basisgröße verrinnt so schnell, nichts und niemand kann sie anhalten und ich vertändele sie bei der Beschäftigung mit dem zahlreichen alltäglichen Kleinkram. Was wollte ich nicht alles in Angriff nehmen, Torschlusspanik erfasst mich. Die Lebenszeit ist endlich, es bleiben mir nicht mehr so viele Jahre.«

Bei diesem Hinweis auf seine noch zu erwartende kurze Lebenszeit konnte Ulrich einerseits eine leichte Rührung nicht vermeiden, ja, er tat sich selbst sogar ein bisschen leid, andererseits – ein wenig dick aufgetragen war sie schon, diese Bemerkung, dachte er.

Ob sein Gesprächspartner eventuell Genaueres wusste über den wirklichen Gesundheitszustand seines Patienten. Jedenfalls schwieg er.

Ulrich fuhr fort: »Soviel hatte ich mir vorgenommen für mein Leben, beim Studium, beim Sport; auf ein Normalmaß wurde ich zurückgestutzt – diese Erkenntnis ist erschreckend. Damals, als ich und meine Kumpane, vom Sport kommend, kühne Reden schwingend, nahe der Christuskirche in Eimsbüttel in unserem Kellerlokal, ›Bauernschänke‹ hieß es, glaube ich, einkehrten, damals glaubte ich noch an mich und erwartete von mir die großen, aufsehenerregenden Leistungen.

Ja, ›Bauernschänke‹ hieß das Lokal, im Souterrain lag es, aus Schankraum und einem Nebenraum bestand es, manchmal wurde sogar getanzt, jetzt fällt es mir wieder ein.«

Und Ulrich ergänzte: »Ich erinnere mich, dort verbrachte ich viele Abende, wir tranken Bier allerdings in überschaubaren Mengen, denn das Geld war knapp, auch der lange Heimweg, oft zu Fuß, stand bevor. Wir diskutierten, wir stritten, gingen auch mal zur handfesten Fortsetzung der Streiterei vor die Tür auf die Straße, vertrugen uns wieder. Immer dabei, er hatte gewissermaßen ein Heimspiel, der Sohn des Pastors der Christuskirche, mein älterer Freund, ein gescheiterter Abiturient, Henry-Miller-Leser; seine aufklärenden Reden über Kunst, Gesellschaft, Literatur, Politik verleitete uns, mich, zu Zukunftsträumen.

Unsere Träume wurden, leider, nur in seltenen Fällen wahr.«

»Halt ein, höre auf zu jammern«, sagte mit sonorer Gert-Westphal-Stimme Ulrichs Gesprächspartner. »Lange genug habe ich dir, habe ich Ihnen zugehört«, verbesserte er sich, »ich werde Ihnen unter die Arme greifen, Sie werden es bald merken.«

Ulrich war nun in seinem Redefluss nicht mehr zu bremsen; weil ihm urplötzlich in den Sinn gekommen war, dass sein Gesprächspartner dieses lange Zuhören ihm ohnehin in Rechnung stellen würde – mit der Kennzeichnung, ›eingehende Beratung (min.10 Min.)‹, würde dieser Posten höchstwahrscheinlich wohl auftauchen – legte er alle Scheu ab, und wir sind nicht überrascht, wie und worüber er das Gespräch fortsetzt.

»Ich bin auch bereit, für Ihre Hilfe zu bezahlen, meinetwegen mit meiner Gesundheit«, bemerkte er in seinem Traumgespräch.

»Das sagt sich so leicht«, entgegnete sein Gesprächspartner, »dieser Einsatz, lohnt er sich? Sie wollen doch nur Ihre persönliche Eitelkeit befriedigen.«

»Nein, das ist es nicht, ich möchte etwas Bleibendes schaffen, das ist mein Anliegen. Mein Name, nicht einmal ganz klein, muss nicht daran befestigt sein«, reimte er, eher zufällig.

»Etwas Bleibendes, so, so! Wer schreibt, der bleibt, bleibt im Gedächtnis«, spottete sein Gegenüber. »Mich täuschen Sie nicht, pure Eitelkeit ist im Spiel. Sie wissen doch so gut wie ich, dass man Schöpfer und Werk nicht trennen wird. Wenn die Schöpfung gefällt, bleibt stets etwas Wohlwollen für den Erschaffer übrig, das ist es, was Sie antreibt.« Ulrich war beschämt.

»Um auf Ihr Angebot zurückzukommen«, fügte der Arzt pedantisch, etwas buchhalterisch, wie Ulrich fand, hinzu, »Ihre Gesundheit ist ein recht wertloser Einsatz in Ihrem Alter. Davonstehlen kann man das auch nennen, um den Widrigkeiten des Alters aus dem Weg zu gehen. – Trotzdem, ich werde Ihnen helfen«, wiederholte der Arzt in dem Traumdialog, »über den endgültigen Preis müssen wir bei Gelegenheit noch einmal reden.«

Bald schon verließ Ulrich das Krankenhaus; in Gemeinschaft mit zahlreichen übergewichtigen Leidensgenossen – bei den täglichen Mahlzeiten war ihr Bemühen, nicht vom Fleisch zu fallen, immer wieder zu beobachten – betrieb er in einer Kurklinik seine Rehabilitation, sodass er die Krücken, Unterarmstützen genannt und weitere Hilfsmittel sehr bald aus der Hand legen und sein früheres Leben wieder aufnehmen konnte.

VI

Obwohl Ulrich ,wenn er sich später an das Gespräch erinnerte, nicht mehr wusste, ob er dieses wirklich geführt oder lediglich geträumt hatte, glaubte er fest an die versprochene Hilfe. Weil sein Glaube so intensiv war, stieg sein Selbstvertrauen derart, dass er sich erneut mit seinem historischen Roman beschäftigte, ein Projekt, das er ebenso wie seine autobiographischen Versuche vor langer Zeit begonnen und abgebrochen hatte und das er nun wieder aufgriff.

Die Arbeit war damals aus mehreren Gründen nicht voran gegangen. Nicht nur die Angst zu versagen hatte ihn gebremst – er fürchtete, seinen Ansprüchen nicht gerecht werden zu können – auch Gewissensbisse hatten ihn von der Schreibarbeit ferngehalten. Denn historische Romane zu schreiben, gar noch mit kriminalistischer Attitüde, das entsprach dem Zeitgeist, dem er sich keineswegs hingeben wollte.

Zusätzlich hatte er sich, das war ein weiterer Grund für seine damalige Blockade, an eine Nachhilfeschülerin erinnert. Sie hieß Emilie, war zwanzig Jahre alt und stand kurz vor dem Abitur.

Ulrich, von Haus aus Gymnasiallehrer für Mathematik, unterrichtete das Mädchen zweimal wöchentlich in diesem Fach. Er war an seine Kundin durch eine Anzeige in einem Lokalblatt geraten; um nicht zu vereinsamen, hatte er diese Tätigkeit damals aufgenommen. Das Mädchen Emilie hatte zu vielen Dingen des Weltgeschehens eine wenig durchdachte Meinung; geprägt war sie weniger durch die sparsame Schullektüre, als durch Zeitschriften und durch historische Kriminalromane, vorzugsweise von Petra Ö. In ihrer gesamten Schulzeit dazu angehalten, ihre Gedanken frei und ungehemmt zu äußern, erfuhr Ulrich in den Sitzungen, die umschichtig mal am Schreibtisch in seinem Wohnzimmer, mal am Couchtisch ihres Zimmers im Hause ihrer Eltern stattfanden, manches aus der Gedankenwelt einer jungen Frau, die der heranwachsenden, hervorragend ausgebildeten Elite angehörte. Im Hause ihrer Erzeuger waren Emilie beste Voraussetzungen gegeben; der Vater Arzt, spezialisierter Augenarzt, verdiente viel Geld, indem er die Fehlsichtigkeit seiner Patienten mit modernster Technik korrigierte, die Mutter, Hausfrau, deutlich jünger, verbrachte ihre Zeit und wurde von ihrem Mann mit »Schatz« angeredet. Ulrich erinnerte sich gut daran, dass ihn seinerzeit die in seinem Blickfeld sich befindende Wand ungewöhnlich gestört hatte, nicht nur, weil sie von oben bis unten mit Fotos von Familienmitgliedern behängt war, sondern mittendrin, als Besonderheit, wie zusätzliche Familienmitglieder, die Bilder zweier Teddybären untergebracht waren. Familiäres gepaart mit Kuscheligem.

Damals hatte er außerplanmäßig, ein wenig protzend, einen der vielen Pythagorasbeweise und Euklids Beweis, ›die Menge der Primzahlen ist unendlich‹, gemeinsam mit der Schülerin durchgearbeitet, exemplarisch, um Beweistechniken kennen zu lernen; er hatte anschließend, zur Auflockerung, daran konnte er sich noch gut erinnern, einen kleinen Witz erzählt:

Willy Brandt trifft Walter Ulbricht. Er habe das Hobby, so Brandt im Gespräch, die Witze zu sammeln, die die Menschen über mich erzählen. Das sei ja interessant, so Ulbricht: »Auch mein Hobby ist es zu sammeln. Ich sammle die Menschen, die die Witze über mich erzählen.«

Wie hatte das Mädchen Emilie reagiert, damals? Sie hatte das Wortspiel nicht gleich verstanden. Dann hatte sie aber doch gelacht, aus Höflichkeit eventuell und hatte nachgefragt, wer die beiden genannten Männer seien. »Sollte man die kennen«, hatte sie gefragt.

All dies war ihm damals bei seinen ersten Schreibversuchen wieder eingefallen und hatte ihn und sein Tun gebremst.

Diese unschönen Erinnerungen schob Ulrich jetzt mit forschem Selbstvertrauen beiseite. Er wollte sich nun erneut mit einer Figur des frühen Mittelalters beschäftigen, einem Raubritter, und mit Hilfe des nur spärlich Überlieferten sich der Frage stellen und versuchen zu beantworten, ob und wie jener Adlige, der später unter dem Namen »Heinz von Stain« seine Mitmenschen terrorisierte und zum gefürchteten Wegelagerer wurde, bereits in jungen Jahren seinen späteren Werdegang andeutete. Bei der intensiven Beschäftigung mit dem späterhin Berühmten, besser Berüchtigten, hatte er nämlich gefolgert, dass jenen, lange bevor er ins Rampenlicht trat, bereits Merkmale des Besonderen ausgezeichnet haben müssten. In einem historischen Roman, denn ein solcher schwebte ihm vor, wollte er psychologisch-wissenschaftlich fundiert, trotzdem kurzweilig, in einer Symbiose aus Geschichte und Geschichten, dieses Besondere aufspüren. Das Ergebnis dieser Fleißarbeit hoffte er seinen Lesern zu schenken.

»Burgmauern im Dunkeln«, wollte er sein Werk benennen, mit dem erklärenden Zusatz: »Das Leben des Raubritters Heinz von Stain«.

VII

Bald schon nach dem Verlassen des Krankenhauses, nach seiner völligen Wiederherstellung – auch die zehnmalige Krankengymnastik hatte er gewissenhaft hinter sich gebracht – mühte sich Ulrich ab, Sinnvolles zu Papier zu bringen. Anders als früher, warf er die Flinte nicht bereits bei dem ersten Widerstand, eine Mischung aus Unlust am Schreiben, fehlender Inspiration, Ablenkung, ins Korn. Nein! »Du musst durchhalten«, murmelte er, auf Hilfe, auf Eingebung hoffend.

Trotz dieser Zuversicht, gestützt durch die Worte seines Traum-Wachgesprächs vor einigen Wochen, überkam ihn doch des öfteren, wir wollen dies nicht verschweigen, wenn der wohltuende Schlaf ihm nachts fernblieb, die Besorgnis, nicht fertig zu werden, seine Lebenspflichten nicht zu erfüllen. Wo doch die Lebenszeit so eng bemessen war und so rasend schnell zusammenschrumpfte.

So stand es um ihn, als er eines Tages im Hochsommer, er hatte wegen der anhaltenden Hitze ein Schwimmbad aufgesucht, die versprochene Hilfe in sein Leben trat. Zunächst war dem Ereignis, das seine nahe Zukunft umkrempeln sollte, nicht anzusehen, dass es einer kurzfristig auftretenden physikalischen Kraft ähnlich, sein gleichförmig verlaufendes Leben urplötzlich beschleunigen würde, sei es durch eine Richtungsänderung oder womöglich durch verändertes Tempo.

Dieses Ereignis war das Folgende:

In Ulrichs Nähe, auf einem Handtuch sitzend, wurde von einer Person in ein Handy gesprochen; nicht sehr laut, jedoch so, dass Wortfetzen zu vernehmen waren. Von einer Ingrid war die Rede, von einem Jungen namens Ole, der in der Schule im Fach Mathematik Probleme hatte und sehr ausführlich, unüberhörbar, beschrieb man, beschrieb Frau den derzeitigen, persönlichen Aufenthaltsort. Denn eine Frau war es, diese Person, die das lange Telefonat führte, dem zu lauschen Ulrich sich zunehmend verleitet fühlte. Als sie endete, sah sie auf und die Blicke der nahe beieinander Sitzenden trafen sich.

»Man hat sich viel zu erzählen«, bemerkte sie etwas entschuldigend in verbindlichem Ton; »wenn man Enkelkinder hat, beginnen die Sorgen, die man einst meinte los zu sein, aufs neue. Aber jetzt muss ich erst mal ins Wasser, um mich abzukühlen«, sagte sie übergangslos, stand auf, ging zum Beckenrand und stieg die Leiter in das Wasser hinab. Bevor sie eintauchte, schob sie mit dem Fuß einige Blätter, die auf der Oberfläche schwammen, beiseite. Ulrich hatte hierbei Gelegenheit, sie zu betrachten: Seine Gesprächspartnerin war mittelgroß und trug einen einteiligen Badeanzug, der die ansehnliche Oberweite, wie es derzeit die Mode vorschrieb, betonend zu Geltung brachte. Ihre Haut war sehr hell, sonnenbrandgefährdet; man konnte vermuten, dass die Haare des Kopfes, die bräunlich und kurz waren, wohl eingefärbt worden waren, auch um graue Haarsträhnen zu verbergen und dass die natürliche Haarfarbe wahrscheinlich eher rötlich war.

Insgesamt, dachte Ulrich wohlwollend, als er ihr zusah wie sie ins Wasser stieg, macht sie eine gute Figur; bei kritischer Betrachtung könnte sie ein wenig schlanker sein.

Das ging ihm durch den Sinn, als er sie gewohnheitsmäßig, jedoch nur mit oberflächlichem Interesse taxierte. Denn er lief mit der Gewissheit durch sein jetziges Leben, für das andere Geschlecht gänzlich uninteressant zu sein, da er sichtbar keine Zukunft hatte, weil er weder für die Fortpflanzung, noch für eine gediegene Versorgung, bei der man das Alter des Partners vergessen könnte, brauchbar schien.

Als sie schließlich nach bemerkenswerter Schwimmstrecke das Wasser wieder verließ, hatte er Gelegenheit, sie kam direkt auf ihn zu, ihr Gesicht zu betrachten. Es war nicht faltenfrei, sympathisch, das Gesicht einer Großmutter, etwa in seinem Alter.

Unvermittelt nahm sie das Gespräch wieder auf, nachdem sie sich abgetrocknet hatte:»Mein Enkel besucht seit einem dreiviertel Jahr das Gymnasium, es treten Probleme auf, die bereiten mir und seinen Eltern schon Sorgen. Er hat in der Grundschule zu wenig gelernt, meine ich, auch wurde selten das Gelernte abgeprüft.

Jetzt diese Umstellung; richtige Klassenarbeiten in einem vorgegebenen Zeitintervall, mit Zensuren drunter, deutlich ausgesprochene Kritik, nicht immer nur diese beschönigenden Lobgesänge in den Berichtszeugnissen.«

Das war Wasser auf Ulrichs Mühlen; voller Eifer stieg er ein in dieses Gespräch, denn er kannte sich aus auf diesem Gebiet.»Man könnte meinen und viele Spötter behaupten dies immer wieder«, sagte er,»dass die Eltern mancher ausländischer Schüler die Aussagen dieser Zeugnisse möglichst nicht verstehen sollen. Ich bin sicher, in vielen Fällen werden sie auch nicht verstanden bei den eingeschränkten Deutschkenntnissen mancher Migranten. Zensuren, Ziffern, sind doch viel eindeutiger, die vermag jeder einzuordnen; man kann ja immer noch erklärenden Text dazuschreiben oder im Elterngespräch, da hat man die beste Gelegenheit, die Feinheiten erläutern.«

»Vielleicht will man mit Hilfe der Berichtszeugnissen den Druck auf die nichtdeutschen Eltern erhöhen, die deutsche Sprache zu erlernen, um so die Integration unserer ausländischen Mitbürger zu beschleunigen.«

Ulrich, der sich so ernsthaft eingemischt hatte, benötigte einige Sekunden, um den Scherz als solchen zu erkennen. Er antwortete nicht, zumal seine Gesprächspartnerin fortfuhr: »Gott sei Dank ist uns diese Beglückung durch das längere gemeinsame Lernen im Fall des Älteren noch erspart geblieben; meinen jüngeren Enkel kann es treffen, es sei denn, die Hamburger Bevölkerung entscheidet sich anders. –

Wie froh waren wir, als mein älteres Enkelkind seiner Klassengemeinschaft in der Grundschule entfliehen konnte und endlich etwas mehr gefordert wurde. Übrigens«, fragte sie ohne Übergang,»so, wie Sie reden, sind Sie vermutlich im Schuldienst tätig, habe ich recht?«

»Ich war«, bestätigte Ulrich,»ich bin seit kurzem pensioniert, vorzeitig, wegen meiner Herzrhythmusstörungen. Wenn ich ehrlich bin, bin ich aber auch froh, dass ich das ganze Veränderungstheater an der Schule nicht mehr mitmachen muss. Weil in letzter Zeit Schulkritiker immer häufiger bemängeln, dass die Gesamtzunahme an Wissen und Können bei unterschiedlichen einzelnen Lerngruppen in gleichen Zeiträumen nicht gleich ist, wird Schule, um diese angebliche Ungerechtigkeit zu beseitigen, zum Experimentierfeld der Experten; zur Schule ging in Deutschland schließlich fast jeder mehr oder weniger lange. Ähnlich wie beim Fußballspiel kann jeder mitreden.«

»Das längere gemeinsame Lernen«, fuhr er fort,»soll nun diesen genannten Missstand beheben. Für den schwächeren Schüler ist die längere Gemeinsamkeit wahrscheinlich von Vorteil, für die besseren sicher ein Nachteil. Um beim Fußball zu bleiben, kein Jugendbetreuer käme auf die Idee, alle verschiedenen Leistungsgruppen gemeinsam zu schulen. Außerdem: Ob die Gesamtlerngruppe, also die Gesamtheit aller Schüler einer einzelnen Schulklasse, ein ›Mehr‹, eine Verbesserung gegenüber dem früheren Zustand vor dieser angestrebten Veränderung tatsächlich erreicht – ich habe meine Zweifel. Den erhofften ungefähren Gleichstand bei den Schulergebnissen aller Kinder könnte man, wenn überhaupt, nur dann erreichen, wenn man die Leistungsstarken absichtlich und gezielt bremst.«

Ulrich hatte den fragenden Blick seiner Gesprächspartnerin, als er seine körperlichen Defizite zu Beginn seiner Ausführungen erwähnte, wohl bemerkt, jedoch keine weiteren Erklärungen abgegeben und bewusst in ein Gespräch über die

Schulpolitik gewechselt. Er wollte vorrangig nicht das Klischee bedienen, dass ältere Menschen, Lehrer zumal, allzu gerne von ihren Krankheiten erzählen, insbesondere dann, wenn sie die Gründe für ihr vorzeitige Berufsunfähigkeit erläutern. Vielmehr setzte er das ernsthafte Gespräch über Schulpolitik fort, über die Vor - und Nachteile des längeren gemeinsamen Lernens und dessen segensreiche Wirkung bei lernunwilligen Kindern. Manches Problem versuchten sie zu lösen, man war sich durchweg einig und man war sich sympathisch, auch dann noch, als man bei der Tagespolitik angekommen war. Bei diesen interessanten Gesprächen, unterbrochen nur von einigen Badegängen, denen jeweils ein sorgfältiges Eincremen folgte – ein hilfreicher Ulrich machte sich bei der Rückenpartie nützlich – verrannen die Stunden im Nu. Als sie aufbrachen, war es selbstverständlich, dass Ulrich von seiner Gesprächspartnerin – sie hieß Anne, hatte er erfahren – das Angebot erhielt, mit dem Auto mitgenommen zu werden. Er lehnte nicht ab, zumal er das Schwimmbad mit Hilfe öffentlicher Verkehrsmittel aufgesucht hatte. Nach der kurzen Heimfahrt in ihrem Auto, einem älteren Golfmodell, erreichten sie das Ziel, ein Mehrfamilienhaus in Winterhude. Ohne zu zögern folgte Ulrich seiner neuen Bekannten aus dem Schwimmbad die Treppe hinauf. Ihre Wohnung befand sich im vierten Stock des Hauses. Man betrat durch die Wohnungstür einen großen Flur, von dem aus die Zimmer, Wohnzimmer, Schlafzimmer, Badezimmer, Küche abgingen.

»Für eine Person«, bemerkte Anne, »ist der vorhandene Wohnraum beinahe zu groß, früher lebten wir hier zu dritt. Nachdem mein Sohn ausgezogen ist und einen eigenen Hausstand führt, lebe ich hier nach dem Tod meines Mannes vor nicht ganz drei Jahren ganz alleine. Aber oft übernachten meine Enkelkinder hier bei mir, dann ist die Wohnungsgröße gerade passend. Es war doch richtig, dass ich damals vor einigen Jahren nicht hier ausgezogen bin; außerdem ist die Miete, ich wohne hier schon sehr lange, gemessen an der Größe der Wohnfläche, nicht besonders hoch.

Über unsere Hausgemeinschaft, das ist ja auch ein wichtiger Punkt, kann ich mich ebenfalls nicht beklagen.«

Wes das Herz voll ist, dem geht der Mund über, sagt man. Annes Herz war voll, beinahe übervoll; einerseits hatte sich bei ihr, wie bei vielen alleine lebenden Menschen viel Mitteilenswertes angesammelt, andererseits war sie ein Mensch von lebhaftem Geiste, begierig zu reden, einem geduldigen Zuhörer zu erzählen, was sie im Innersten bewegte.

In Ulrich fand sie einen Zuhörer, der bereit war, sich ihren Werdegang, ihre Geschichten und Berichte über derzeitige Tätigkeiten geduldig anzuhören. Obwohl auch er in vergleichbarer Situation lebend, ähnlich viel zu erzählen gehabt hätte, gab er sich mit der Rolle des Zuhörers zufrieden. Richtiggehend aufgeschreckt wurde er, als sie von ihrer Hobbybeschäftigung erzählte: In einem kleinen eigenen Verlag fertige sie Bücher an, die benötigten Kenntnisse habe sie sich zusammen mit einer Freundin in einem Volkshochschulkursus angeeignet. So seien sie in der Lage, eigene oder ihnen genehme Texte in das richtige Format zu bringen, auch Fotos einzuarbeiten und diese entstandenen Vorlagen mit Hilfe eines befreundeten Druckers zu vervielfältigen. Auch die weiteren Tätigkeiten, die bei der Herausgabe eines Buches anfielen, erfuhr Ulrich, nähmen sie selbst in die Hand; um die Anmeldung in der Deutschen Nationalbibliothek in Frankfurt am Main kümmerten sie sich, um die ISBN- Nummer. Ihre Freundin sei für das Technische zuständig, sie selbst mehr für den Text, das Literarische, das Künstlerische; sie übe auch die Rolle des Lektors aus. Dies sagte sie mit einem Anflug von Eitelkeit, wie Ulrich herauszuhören meinte.»Wir beraten die Autoren auch bei der Festlegung des Kaufpreises und bringen dann die entstandenen Werke über unseren Kleinverlag in den Handel. Im Wesentlichen«, erzählte sie,»lassen wir uns nur die Unkosten ersetzen, unser Verdienst ist unbedeutend, ist uns unwichtig, die Freude an der schöpferischen Tätigkeit sehen wir als unseren Lohn an.«

Beeindruckend war sie, diese Darstellung; die letzte Aussage war ein wenig zu pathetisch, deshalb störend, sodass Ulrich den ehrlichen Zusatz, sie und ihre Freundin seien aber auch finanziell abgesichert, als wohltuend empfand. Insgesamt aber war diese Tätigkeitsbeschreibung für unseren an seinem Lebenswerk bastelnden Autor geradezu elektrisierend. So einen kleinen Verlag, der für einen erschwinglichen Preis sein Manuskript, sein Herzstück, das Ergebnis seines Bienenfleißes veröffentlichen würde, so etwas hatte er gesucht. Nun schien er das Gewünschte gefunden zu haben. Hochstimmung überkam ihn. Sollte es möglich sein, ihm, dem Unerfahrenen, zu helfen, sein Werk auf die Beine zu stellen und unter die Leute zu bringen? Unter die Leute zu bringen, das ist es, dachte er.

Obwohl Annes Zusage noch ausstand, obwohl sein Werk noch lange nicht vollendet war, viele Textstellen, Aussehen der Buchdeckel, Klappentext, alles bereiteten ihm Kopfzerbrechen, sah er seine Schöpfung, seine»Burgmauern im Dunkeln«, in strahlender Helligkeit.

So heftig war seine Gefühlswallung, so dankbar war er, diese Möglichkeit entdeckt zu haben bzw. dass sie ihm entdeckt wurde, dass Ulrich, dem das überschwängliche Umarmen eines Mitmenschen stets ein Graus war, sehr impulsiv seine Gastgeberin in den Arm nahm. Die beiden sahen sich an, sie sahen sich in die Augen und entdecken in denen des Gegenüber die aufkommende Lust und die Bereitschaft. Die lange Enthaltsamkeit tat ein Übriges, sie sanken sich in die Arme und aus Dankbarkeit, die Gastgeberin hatte ernsthaft versprochen sich seines Manuskriptes anzunehmen, wurde Leidenschaft. Nur noch kurze Zeit war er imstande, sich und sein Tun kritisch zu betrachten, nur kurz noch kam ihm in den Sinn, dass faltige Haut, welkes Fleisch zusammentraf, dass seine Anne, sie waren mittlerweile zum persönlichen »Du« übergegangen, ein, zwei Jahre älter war als er selbst. Dann wurde sein Denken in andere Bahnen gelenkt.

Auf diese Weise lernte er nach Wohnzimmer und Küche auch ihr Schlafzimmer kennen – ziehen wir uns zurück.

Natürlich wundert man sich über diese Wendung des Geschehens. Sollte der Grund dafür der sein, dass beide, gleichermaßen aus Altersgründen mit begrenzter Zukunft, bereit waren, sich ganz dem Augenblick hinzugeben?

So begann die Zusammenarbeit zwischen dem um sein Lebenswerk ringenden Ulrich und der tüchtigen, selbstbewussten, ihm zugesandten Anne.

VIII

Das Zusammenwirken der beiden, das so leidenschaftlich begonnen hatte, wurde schon nach kurzer Zeit unharmonischer. Nicht, dass Ulrich sich nicht bemüht hätte. So offenbarte er, als Zeichen seines guten Willens, stockend, zögerlich sein Innerstes. Er erzählte, wie lange er bereits mit seinem kleinbürgerlichen Durchschnittsleben haderte, dass er schon in seiner Studienzeit unglücklich war, weil er seine Grenzen in dem Studienfach Mathematik überdeutlich spürte. War es vermessen, mehr zu verlangen? Eine passable Examensarbeit, erzählte er, sei ihm noch geglückt, mit einem winzig kleinen eigenen und auch selbst bewiesenen Satz, einem Sätzchen. Aber sonst? Sein Lehrerleben, nur wenige herausragende Maxima, überwiegend geradlinig gleichförmig, mehr nicht.

Verschämt erzählte er von seinen vielen Bemühungen, Spuren zu hinterlassen – ich schreibe, also bin ich, da ich Schriftliches, Zugreifbares hinterlasse, war ich …; Hinterlassenschaften, die für ein, zwei nachfolgende Generationen noch sichtbar seien. Er beichtete, wie sehr er sich sorgte, dass seine zarten Fußabdrücke überhaupt wahrgenommen werden würden, wo doch seine Masse, folglich sein Gewicht, gering sei. Sie möge ihm helfen, die Aufmerksamkeit der Öffentlichkeit zu erringen und sein Schaffen in die gewünschte erfolgreiche Richtung zu lenken.

Diese Offenlegung seiner Gedanken, Taten und Wünsche verfestigte nur für kurze Zeit die Beziehung zwischen den beiden. Zunächst kühlte, das war zu erwarten, die Leidenschaft erkennbar ab, dann stockte auch die gemeinsame Arbeit. Zweifellos war Anne, dachte Ulrich, ihm von Dr. Mühsam auf sein Flehen hin zur Seite gestellt worden, wofür er würde bezahlen müssen.

Aber sie spielte die Rolle als Lektorin seines Manuskripts gar zu eigensinnig. Beständig hatte sie an seiner Wortwahl, seiner Sprache, schließlich an seinem Konzept etwas auszusetzen. Die Zusammenhänge waren ihr zu konstruiert, die auftretenden Figuren zu unscharf, sodass Ulrich zunehmend Lust und Schaffenskraft einbüßte und er sein Ziel, zügig sein halbfertiges Manuskript zu vervollständigen, immer weiter aus den Augen verlor.

Schließlich machte sie, die jetzt nur noch Geschäftspartnerin war, forsch den Vorschlag, schöpferisch einzugreifen, schlimmer noch, dem Autor sein Werk ganz aus der Hand zu nehmen, um es neu zu schreiben. Sie fühlte sich dazu befähigt, hatte sie doch, im eigenen Verlag herausgegeben, einen Roman verfasst, der sich, angelehnt an ihre eigene Biographie, mit der Schulzeit und dem Werdegang eines jungen Mädchens im letzten Weltkrieg und der Zeit danach beschäftigte.

So kam es, dass Anne nach wenigen Tagen etliche Seiten vorlegen konnte – wahrscheinlich war sie vorher bereits tätig gewesen – auf denen sie sein Meisterstück, seine »Burgmauern« zwar nicht ganz aus den Augen verlor, den Inhalt und Aufbau dergestalt veränderte, dass Ulrichs psychologisch gut durchdachten Figuren bei ihr Akteure eines oberflächlichen Liebesromans wurden. Wie sehr hatte Ulrich sich bemüht, die Gedanken seiner Helden in den Gesprächen feinsinnig und logisch dem zukünftigen Leser nahe zu bringen! Wie sorgfältig hatte er den Werdegang seiner Lieblinge recherchiert, wie großzügig Erklärungen für die spätere Entwicklung mit Hilfe soziologischer Theorien angeboten, wie hoch-wissenschaftlich seine Aussagen begründet.

Was bekam Ulrich nicht alles in Annes Überarbeitung zu lesen! Aus seinen Dialogen wurde oberflächliches Geplapper, seine historischen Grundlagen fielen fast vollständig unter den Tisch.

Das Buch werde ansonsten nicht gelesen, begründete sie ihre Veränderungen, eine schöne Liebesgeschichte sei vonnöten, auch bei einem historischen Roman. Habe nicht auch Gotthold Ephraim Lessing in »Nathan der Weise« eine rührselige Familiengeschichte eingebaut. »Der Tempelherr war doch dann irgendwie verwandt mit Sultan Saladin und auch mit Nathans angenommener Tochter. Daran kann ich mich noch dunkel erinnern«, fügte sie noch an.

Ulrich war empört. Mit Ellbogengebrauch, gewissermaßen, hatte Anne sich in seine Geschichte hineingezwängt. Sein Thema, was hatte sie daraus gemacht? Er hatte einen kleinen Finger gereicht, sie hatte mit energischem Griff die ganze Hand gepackt. Das Raffgierige, das Habgierige, ja das Böse, war er versucht zu sagen, welch beklagenswerten Geschmack es doch hatte.

Nein, mit dieser veränderten neuen Handlung konnte Ulrich sich nicht abfinden.

Wie aber sollte er vorgehen, wie seinen Widerstand ausdrücken, auch begründen?

Seine Anne, so wie er sie kannte – sie war eine selbstbewusste Frau, die, wie sie häufig betonte, sich im Leben auskannte, die Erfahrung hatte – sie würde mit Unverständnis auf die Ablehnung ihrer Änderungsvorschläge reagieren.

In einem langen Gespräch versuchte Ulrich ihr nahe zu bringen, dass er sich sein Werk ganz anders vorgestellt habe, dass es ihm nicht das Wichtigste sei, für zahlreiche Leser zu schreiben, einen Bestseller, er benutzte dieses Wort, obwohl er wusste, dass er davon so oder so weit entfernt war, zu Papier zu bringen.

In seiner eigenen Sprache wolle er sich äußern, das sei ihm wichtig, historische Korrektheit, wenn möglich, anstreben, sich nicht dem Zeitgeist unterwerfen mit dessen krachledernen Formulierungen, sondern Wohlgefälliges schaffen.

»Ich ahne schon, was verlangt wird«, fügte er noch hinzu.

Und er zählte auf: »Aufsässig, zornig, anklagend sollte es sein, das Geschriebene und schamlos-schlüpfrig.« Wohlgefällig für wen, wurde nachgefragt. »Meine eigenen Kriterien sind für mich maßgeblich«, so seine eigensinnige Antwort. – »Soll ich meine Vorstellung mit einem Beispiel belegen«, fragte er? Ohne eine Antwort abzuwarten, fuhr er fort: »Ich wurde neulich auf ein Buch aufmerksam gemacht. Reinhard Jirgl heißt der Autor, er ist Büchnerpreisträger. Ich las in seinem Roman den folgenden Satz: ›Umstimmbarkeit der Zeit – so wie ein Musikinstrument in andere Tonlagen sich versetzen lässt – das ist ein Merkmal für Freiheit; Form ist deren Äquivalent – darin enthalten auch die Wiedergängerei. Daher liegt das Epizentrum von Freiheit im Auge des Schreckens.‹ Verstehst du diese Aussage? Ich kann mit diesem Satz absolut nichts anfangen und die Juroren lassen mich armen Leser auch in Stich. – ›Kunst ist doch Genuss!‹

Ich las in jenem Roman auch noch seine Ausführungen über den ›Phönizier – Schädel aus Lübeck‹; Thomas Mann meinte er damit. Zu viele Adjektive wirft er ihm vor ... ! Sehr selbstbewusst, dieser Mann. Einen Preis – wenn so – dann kann ich darauf verzichten.«

Solche Gespräche wurden geführt, und weil Zwistigkeiten bei schöpferisch geistiger Tätigkeit oftmals besonders unversöhnlich ausgetragen werden, geriet die Geburt von Ulrichs Meisterwerk ins Stocken und kam schließlich ganz zum Stillstand. Denn unser Held legte empört die Arbeit nieder.

Eigentlich hätte nun seine Mentorin einspringen können. Denn jetzt war doch für sie die Gelegenheit gekommen, ihre Vorstellungen von dem zu schaffenden Werk eigenhändig zu verwirklichen. Zu Ulrichs Überraschung ließ Anne jedoch diese Möglichkeit verstreichen. Er beobachtete, ohne einen Deutungsversuch zu unternehmen, eine merkwürdige, unerklärliche Schüchternheit beim Zugriff auf sein geistiges Eigentum – er registrierte es als eine lobenswerte Eigenart – sowie eine gewisse Verzagtheit, ja Ängstlichkeit beim Entwurf der weiterführenden Handlung. Das ganze Unternehmen stockte.

Die beiden, Kritikerin, Lektorin die eine, Autor der andere, vom Schicksal, von der Literatur zusammengefügt, waren Teile einer ungewöhnlichen Beziehung: Keiner konnte oder wollte ohne den anderen tätig werden, sodass die zwei Kontrahenten in einer Sackgasse angelangt waren. Trotz aller Bemühungen, Ulrich und Anne waren wirklich kompromissbereit, kam es zu keiner Einigung der Streithähne und notgedrungen stellte unser ambitionierter Autor sein Buchprojekt zurück.

IX

Nach einer längeren Denkpause machte Anne ihrem Schützling schließlich den umstürzlerischen Vorschlag, seinen historischen Roman, sein Lebenswerk, diese Schöpfung, mit der er aus der breiten Masse hervortreten wollte, ganz aufzugeben. »Hast du nicht etwas anzubieten aus deiner Jugend, aus deinem Werdegang? Ähnlich dem, was ich gemacht habe mit der Beschreibung meiner Jugend, mit Flucht und Vertreibung aus der Heimat. Du hast doch, wie du mir erzählst hast, eine abenteuerliche Kindheit gehabt, du und deine Familie, ihr seid ausgebombt worden, habt sämtlichen Besitz verloren, seid aus Österreich geflohen. Berichte doch von deiner ersten Liebe«, fügte sie lächelnd noch hinzu, »das interessiert die Leser immer, je drastischer, desto besser.«

Ach, was sollte unser Ulrich dazu sagen, sensibel wie er war? Worüber schreiben, was berührt ihn in einem regelmäßig verlaufenden Leben?

Erzählenswerte Geschichten bietet am häufigsten die Vergangenheit. Was hat im Vergleich die Gegenwart denn anzubieten?

Beobachten wir daraufhin unseren Ulrich, seinen Tagesablauf! Er verlässt relativ zeitig sein Bett; aber natürlich ist die Uhrzeit nicht vergleichbar mit der Aufstehzeit während seiner Berufstätigkeit in der Schule und schon gar nicht mit jener während seiner Tätigkeit damals als Lehrling auf der Werft. Kurz nach sechs Uhr fuhr er in der überfüllten U-Bahn zu den Landungsbrücken, um von dort durch den alten Elbtunnel an das südliche Elbufer zu gelangen. Hier, am anderen Elbufer war sein Arbeitsplatz; hier war er in seiner Lehrzeit beteiligt an Entwurf, Bau und Ausrüstung etlicher Schiffe.

Zum Imperium seines Arbeitgebers gehörte neben einem Maschinenbaubetrieb aber auch eine kleine Flusswerft ein Stück weiter elbaufwärts. Während eines langen kalten Winters befand sich dort, östlich der Hauptwerft, Ulrichs Arbeitsstelle, die er nach noch früherem morgendlichen Start mit Hilfe von Straßenbahn und einem firmeneigenen Bus erreichte.

Ulrich, du hast doch nicht jenen kalten Winter Anfang 1958 vergessen, als du dort auf der Werft am Elbufer standst und dir am Kohlefeuer die Hände wärmtest. Ihr flicktet, du und dein anleitender Geselle, die erschreckend dünne Außenhaut eines Flussschiffes, indem ihr mit kleinen aufgeschweißten Eisenplatten deren Löcher abdichtetet. Weißt du noch, die Besitzer wohnten während der Reparatur auf ihrem Schiff; weißt du noch, dass auf einem wegen einer Unachtsamkeit die Kajüte ausbrannte. Oder erinnerst du dich an den aufkommenden Frühling, einige Monate später, es war fast an derselben Stelle, als du im Materiallager zwischen den Eisenträgern die zum Licht strebenden Krokusse bemerktest.

Eine wunderbare Zeit damals, du warst jung, dein Denken drehte sich fast ausschließlich um Sport – zugegeben ein wenig auch um Mädchen – mit großer Leidenschaftlich spieltest du Handball.

Und Ulrich erinnerte sich seiner sportlichen Erfolge, seiner Handballspiele auf dem staubigen Sportplatz eines Barmbeker Sportclubs, wo er einen Teil seiner Freizeit verbrachte, wo er Erfolg hatte, der dazu beitrug, die Misserfolge in der Schule, den Scheidungskrieg seiner Eltern zu vergessen. Beim Abarbeiten seiner Erinnerungen, bei dieser Denktätigkeit merkwürdigerweise, so viele Jahre später erst, wurde ihm bewusst, dass aus seiner Familie niemals auch nur einer an seinen sportlichen Erfolgen teilgenommen oder bei seinen Aktivitäten zugeschaut hatte, während eines Zeitraums von etwa zwanzig Jahren immerhin. Für ihn kein traumatisches Erlebnis!

Ulrich kamen die Reisen zu Hallenturnieren ins Gedächtnis, sein Bewundern, sein Schwärmen für die Torhüterin der gleichaltrigen Mädchenmannschaft, bei deren Spiel man bei solchen Veranstaltungen zuschauen konnte. Wie sehr bewunderte er das Verhalten seiner Angebeteten, die an ihrer Wirkungsstelle, zwischen den Torpfosten, recht erfolgreich war, vermutlich auch, weil man sie unterschätzte, denn ihr Auftreten war wenig selbstbewusst und die Statur eher zart.

Irgendwann hatte unser Held seiner bewunderten Prinzessin nach langen Geburtswehen einen Brief zugeschickt, aus dem zumindest Sympathie für die Empfängerin, wenn nicht mehr, herauszulesen war. Auf seinen Radtouren am Nachmittag verschlug es ihn natürlich auch, triebhaft könnte man sagen, in die Wohnstraße seiner Angebeteten. Groß war sein Erschrecken! Sie erkannte ihn aus der Ferne, sie verhöhnte ihn und nicht nur dies: Offensichtlich hatte sie Spielgefährten, Altersgenossen von seinen Kommunikationsversuchen erzählt, denn auch jene überschütteten ihn mit Hohn und Spott, sodass unser Verehrer beschämt, geradezu betäubt wendete und eilig das Weite suchte.

Was für ein Misserfolg dachte er auf der Heimfahrt, wie konntest du dich so offenbaren. Und später, nachdem er selbsterhaltend sich gut zugeredet hatte, tröstete er sich, indem er sich selbst erhob und seine Prinzessin zur Dienstmagd erniedrigte.

Sie ist deiner nicht wert, redete er sich ein.

Niederlagen dieser Art aber vergisst man nicht so leicht, jedenfalls gelang ihm dies nicht so schnell und noch heute, etliche Jahrzehnte später, beschleicht ihn Unbehagen, wenn er sich der damaligen Wohngegend dieser Angebeteten nähert.

An so manch andere schwärmerische Bewunderung eines Mädchen aus näherer Wohnumgebung kann er sich erinnern. Wie war das noch mit jener Schönheit, die seiner Wohnung gegenüber wohnte, dem Mädchen mit dem Hündchen. Das Tier war ein Dackel mit einer entsetzlich lauten Kläfferstimme, der durch einen den Vier- von den Zweibeinern trennenden Zaun geschützt, jeden Passanten mit lautem Bellen erschreckte. Der Hund hatte einen ungewöhnlich ausgeprägten Freiheitsdrang, sodass die Eingrenzung seines Lebensraumes für ihn an der stark befahrenen Straße lebensrettend war. Nur einmal entkam er seinem Gefängnis durch eine versehentlich unverschlossene Gartentür; nur kurz konnte er seine Freiheit genießen; das Unglück geschah, er geriet unter die Räder eines vorbeifahrenden Autos. Schwer verletzt war er, die Besitzerin, die hinzu eilte, brach in Tränen aus.

Ulrich, der just in diesem Moment sein Auto an der Unglücksstätte auf dem Fußweg parkte, wurde Zeuge des Dramas; bereits einen Augenblick später fuhr er mit dem Schwerverletzten und der tief bekümmerten Besitzerin zum nächsten Tierarzt. Zu spät, der Hund hatte seine Sehnsucht nach Freiheit mit seinem Leben bezahlt.

Ulrich erinnerte sich – er hatte dem trauernden Mädchen zum Trost einen Blumenstrauß mit einigen Anteil nehmenden Worten vor die Haustür gelegt. Die Blumen waren nicht zu teuer gewesen, mittlere Preisklasse – selbst Gepflücktes, das hatte er schon damals gewusst, hätten mehr Mitgefühl ausgedrückt und wären dem Trauerfall angemessener gewesen – die Jahreszeit stand dem entgegen.

Aber auch diese Form, Mitleid auszudrücken, trug sicher dazu bei, vermutete er damals, den Schmerz über den Verlust erträglicher zu machen. Denn das trauernde Mädchen revanchierte sich einige Tage später bei dem einfühlsamen Helfer und Tröster, indem es ihm nun ihrerseits zum Dank Blumen, erkennbar aus einem Blumenautomat, überreichte.

Welch rührend schöne Geschichte könnte daraus entstehen, hatte er seinerzeit gedacht und viel später noch trauerte er manchmal der damals verpassten Gelegenheit nach.

Warum erzählen wir diese weit zurückliegenden Geschichten? Sind sie doch wenig interessant für einen fremden, außenstehenden Leser. Wir wissen doch auch, dass manche Ereignisse, die vor langen Jahren bei uns heftige Gefühle hervorriefen, jetzt, viele Jahre später, sogar die Betroffenen gähnen lassen oder im schlechten Fall jenen sogar peinlich sind. Die Zeit, diese wundersame physikalische Größe, hat auch hier ihre Hand im Spiel.

Und Ulrich? Was sind das für Geschichten, ermahnte er sich. Meinst du wirklich, mit deiner Vergangenheit kannst du die potentiellen Leser hinter dem Ofen hervorlocken?

Dein Thema steht doch fest, du willst doch eine Geschichte erzählen, in der romanhaft das Leben einer historischen Person eingewoben ist. Dein Leben dagegen, wen interessiert das!

Nach erneuter nur noch sehr kurzer Bedenkzeit hatte sich unser Autor endgültig entschieden: Er wollte nun seinen ursprünglichen Plan verwirklichen.

Denn Ungeduld plagte ihn; im Halbschlaf des Nachts, ja, sogar im Traum, beunruhigte ihn die davonlaufende Zeit. Weil er aber, durch die Kritik seiner Mentorin sensibilisiert, an seinen schöpferischen Fähigkeiten zweifelte, kam ihm die Idee, sein Thema zunächst in einer Kurzgeschichte für Kinder zu verarbeiten. Ich bleibe am Ball, tröstete er sich und verliere mein Projekt nicht aus den Augen.

Kindgemäß, er dachte dabei an die beiden Enkelkinder von Anne, wollte er sich mit dem Stoff befassen. Auf die Idee war er verfallen, als er jenen erfundene Geschichten von Rittern erzählt hatte, die im Detail historisch nicht immer korrekt, trotzdem oder vielleicht auch deswegen deren Interesse geweckt hatten. Aus »Burgmauern im Dunkeln« sollte zügig »Das abenteuerliche Leben des Raubritters Heinz von Stain« werden. So war sein Plan.

Seine Herzensangelegenheit war vorläufig in der Schublade verschwunden; die mühselige Annäherung an sein Ideal, «Wallenstein« von G. Mann, war gestoppt worden, für kurze Zeit nur, hoffte er. Stattdessen erblickte eine Erzählung für Kinder das Licht der Welt, von Anne, seiner Verlegerin, in einer Postille der lokalen Kirchengemeinde öffentlich gemacht, ausgedacht und geschrieben für den jungen Leser.

Besser so, als gänzlich zu verstummen, sprach er zu sich, vielleicht ergibt sich noch einmal eine Möglichkeit, meinen ursprünglichen Plan zu verwirklichen.

X

Das abenteuerliche Leben des Raubritters Heinz von Stain«, so lautete der Titel der Erzählung. Sie idealisierte den Raubritter, mit dessen Leben er sich bereits so lange beschäftigt hatte und machte aus ihm einen bayrischen Robin Hood, der nachvollziehbar, auch weil bekannte Ortsnamen aus der Gegenwart vorkommen, seinen Werdegang im Chiemgau schildert. Ulrich hoffte, dass auf diese Weise die Erzählung für Kinder interessanter werden würde. Der so vorgestellte Held ähnelte zu seinem Bedauern nur noch entfernt dem Original; dieses Opfer war er bereit zu bringen. Nun also:

Mein Name ist Heinz Berger, besser bekannt bin ich unter dem Namen Heinz von Stain. Ja, ihr hört richtig, ich bin der gefürchtete Raubritter aus der Felsenburg zu Stain an der Traun. Gerne will ich euch aus meinem Leben erzählen, wie es kam, dass ich wurde, was ich bin.

Ich lebte als sechsjähriger Junge auf dem Bauernhof meiner Eltern in der Nähe des kleinen Flecken Kirchsur. Ich war einziges Kind meiner Eltern, was zu den damaligen Zeiten ungewöhnlich war. So kam es, dass als Spielgefährten häufig die Nachbarskinder herhalten mussten. Ich kann mich erinnern, dass wir besonders gerne Verstecken spielten – einer musste die Augen bedecken, bis Zehn zählen. In der Zwischenzeit verbargen sich die anderen in der Scheune, im Heu, im Stroh. Der Zählende musste uns dann suchen und abschlagen. Oder einer von uns zeichnete eine Schatzskizze in den Sand auf dem Boden und die anderen mussten nach dieser Skizze einen Schatz suchen, eine Nuss oder Ähnliches. Wir hatten es sehr schön – ich musste nur hin und wieder im Hause helfen, Schweine hüten oder unsere zwei Kühe auf der Weide beaufsichtigen. Denn meine Mama, meine liebe Mama, meinte, ich sollte spielen, arbeiten könne ich später noch zur Genüge. Mein Papa brachte mir abends, schon seit einem Jahr, das Lesen und Rechnen bei, ich konnte bereits bis Tausend zählen und mit meiner Mama in der Bibel lesen.

Auf meinen Papa war ich sehr stolz, der konnte eigentlich alles: Messer schleifen, Feuer anmachen, Leiterwagen reparieren, mähen. Er war nie streng zu mir und lachte eigentlich immer über den Blödsinn, den ich oftmals anstellte. Meine Eltern bewirtschafteten einen Bauernhof, der einem mächtigen und reichen Herrn aus Amerang gehörte, der dort in einem Schloss wohnte. An ihn mussten meine Eltern Pacht zahlen, d.h. sie mussten von allem, was wir produzierten bzw. erwirtschafteten, drei Viertel an ihn abgeben. Unsere Kühe, um ein Beispiel zu nennen, gaben am Tag 20 Liter Milch, er erhielt davon 15 Liter; von allem Getreide, das wir ernteten, verlangte er den größten Teil.

Ich erinnere mich noch an unseren letzten gemeinsamen Sommer. Das war wenige Jahre nach dem plötzlichen Tod unseres Königs Ludwig*, kurz nachdem der Gegenkönig Karl, der später der Vierte** genannt wurde, endgültig sein Nachfolger wurde. Das Wetter war schrecklich, es regnete drei Wochen ohne Unterlass, die Flüsse traten über Ufer, die Ernte war entsetzlich schlecht. Später sprach man von einer kleinen Eiszeit, man sah sie als Strafe Gottes an.

Wie viele andere auch, konnten wir an unseren Herrn keine Abgaben leisten, denn wir hatten kein Getreide geerntet.

Da kamen die Knechte und Söldlinge unseres Herrn und nahmen mich und meine lieben Eltern zur Strafe gefangen; wir sollten als Sklaven verkauft werden. Meinen Eltern und mir wurden die Hände gefesselt, wir wurden getrennt. Ich habe die Situation noch genau vor Augen: Ich weinte bitterlich und

---

*   1314-1347 Ludwig der Bayer
** 1347-1378 Karl IV, aus dem Hause Luxemburg; 1338 Kurverein zu Rhense

streckte sehnsüchtig die gefesselten Hände nach meinen Eltern aus, umsonst, es gab keine Gnade.

Ich muss aber einen so erbärmlichen Eindruck gemacht haben, dass mich ein vornehmer Herr, Graf Hirschberg hieß er, wie ich später erfuhr, sofort aus Mitleid kaufte. Ich wurde der Knappe seines siebzehnjährigen Sohnes, den musste ich bedienen. Weil ich mich geschickt anstellte, bekam ich Unterricht im Lesen und Schreiben, Fechten, im Kämpfen zu Pferde; vieles erlernte ich durch genaues Zuschauen und durch heimliches, intensives Üben. Denn schon bald nach der Trennung von meinen Eltern hatte ich beschlossen und mir geschworen, ein berühmter, mutiger Ritter zu werden, um einstmals das Unrecht, das man meinen Eltern und mir angetan hatte, bei erster Möglichkeit zu rächen.

Ich passte bei meiner täglichen Arbeit genau auf: Ich lernte, wie man eine Rüstung anlegte, wie man mit der Lanze zu Pferde ritt und wie man mit ihr kämpfte. Obwohl ich noch recht klein war, mittlerweile war ich sieben Jahre alt geworden, konnte ich gut reiten und mit Pfeil und Bogen umgehen; ich war schon sehr bald in der Lage, weil ich viel übte, ungewöhnlich genau mit dem Pfeil ein Ziel zu treffen.

Tagtäglich musste ich den jungen Herrn von Hirschberg, wenn er ausritt, auf dem Pferd begleiten: Zunächst musste ich ihm helfen, die Rüstung anzulegen, denn die vielen Riemen konnte er nicht alleine zuschnüren. Ich sprang um ihn herum und bediente ihn. Dann half ich ihm auf das Pferd, indem ich zum Aufsteigen einen Hocker hinstellte und das Tier festhielt; ein kräftiger Knecht stemmte ihn hinauf. Saß er erst oben, dann musste ich mich sputen, denn bald darauf ging der Ritt los, recht langsam allerdings, weil sein Pferd, ein großer, schwerer Kaltblüter, wenig Lust verspürte zu galoppieren. Ich trabte auf meinem Gaul hinterher, lediglich mit einer Hose und einem ledernen Wams bekleidet. So machten wir häufig Ausflüge zu unseren Nachbarburgen, wo mein junger Herr köstlich bewirtet wurde, ich aber in der Küche essen musste. Dies war mein Leben etwa bis zu meinem vierzehnten Lebensjahr. Du kannst dir vorstellen, dass ich mittlerweile hervorragend reiten konnte, mit Pfeil und Bogen enorm treffsicher war und das meiste viel besser konnte als mein Herr.

Einmal, wir ritten wieder über Land, passierte ein Unglück. Wir überquerten einen Fluss, Alz geheißen, indem wir eine Furt benutzten. Durch eine Ungeschicklichkeit meines Herrn scheute sein Pferd und er glitt aus dem Sattel hinein ins Wasser. Da die schwere Rüstung ihn nach unten zog und der Fluss an dieser Stelle fast zwei Meter tief und reißend war, wäre er gewiss ertrunken, hätte ich ihn nicht geistesgegenwärtig an seiner Rüstung gepackt und mit Hilfe meines Pferdes an Land gezogen. Statt mir für seine Rettung zu danken, beschimpfte mich mein Herr, angeblich hätte ich einen Riemen nicht richtig festgezogen, ich hätte die Schuld an seinem Missgeschick. Diese Schuldzuweisungen machten mich zornig und ohne zu zögern ließ ich ihn am Ufer liegen und machte mich davon. Später erfuhr ich, dass er dort die Nacht verbracht hatte, hilflos in der schweren Rüstung, und erst am nächsten Morgen gefunden wurde. Ich aber ritt geradewegs in den Weilhardter Forst und schloss mich dort Wegelagerern an, die dort, wie ich wusste, hausten.

Ich hatte meinen Schwur von früher nicht vergessen, ich wollte das Unrecht rächen, das man mir und meinen Eltern angetan hatte. Zunächst aber überfiel ich, zusammen mit den anderen, reiche Handelsleute und vermögende Adlige, die denen ähnelten, die uns, meine Familie, einst als Sklaven verkauft hatten. Wir raubten unsere Opfer aus, nahmen uns das, was wir zum Leben benötigten und verschenkten den Rest an arme Bauern. Weil ich aber auf dem einen oder anderen Gebiet geschickter war als meine Kumpane, ich auch lesen, schreiben und rechnen konnte, wurde ich sehr bald der Anführer unserer Räuberbande. Die Bevölkerung nannte uns respektvoll die Räuber vom Weilhardt.

Von den armen, rechtlosen Bauern wurden wir geliebt, die hohen, die reichen Herren aber hassten und fürchteten uns. Mittlerweile war ich siebzehn Jahre alt geworden. Mehrfach hatten uns die Ritter, die Mächtigen, verfolgt; jene hohen Herren, denen das Land gehörte und die die Bauern, ihre Pächter, aussogen. Wir konnten uns aber stets im Wald verstecken und ihnen auf diese Weise entkommen. Da kam mir die folgende Idee: Wir müssten uns eine Burg zulegen, in die wir uns zurückziehen könnten, in der wir sicher wären vor den uns verfolgenden Rittern. Wir schauten uns im Lande um und fanden schließlich die Felsenburg in Stain an der Traun. Die Burg war unbewohnt, ideal für uns. Wir, die gesamte Räuberbande, zogen dort ein – wir waren damals insgesamt zehn junge Leute.

Aus unserer kleinen Gruppe wurde so recht bald »Heinz von Stain und seine Räuberbande«. In unserer Festung waren wir unbezwingbar, wir verbreiteten unter den Herrn und Rittern Furcht und Schrecken, denn jedes Verbrechen, jede Gewalttat, die begangen wurde, lastete man uns an; unser Aussehen und unser Benehmen seien furchtbar, wurde gesagt. Beim einfachen Volk waren wir äußert beliebt.

Häufig machten wir auch Gefangene, je höher gestellt, um so lieber. Dabei gingen wir so vor: Wir ließen Angreifer in unsere Burg eindringen, entwichen durch unsere Geheimgänge aus der Burg, umgingen die eingedrungenen Ritter, griffen sie überraschend von hinten an, nahmen sie gefangen und sperrten sie ein. Dann zeigten wir ihnen unseren tiefen, stillgelegten Brunnen und drohten an, sie hineinzuwerfen, wenn ihre Verwandten nicht Lösegeld entrichteten. Es wurde immer gezahlt. Das Lösegeld aber verteilten wir unter der armen Bevölkerung. Als wir an einem Sommertag mal wieder einen Lastentransport, bestehend aus fünf Wagen, in der Nähe unserer Burg überfielen, er hatte Getreide und Salz geladen, entdeckte ich unter den Leibeigenen, Sklaven also, die diese fünf Wagen begleiteten und sie an den Steigungen anschieben mussten, meine lieben Eltern. Unsere Wiedersehensfreude war groß, wir umarmten uns und weinten über unsere lange Trennung. Fast fünfzehn Jahre waren vergangen, seit wir uns zuletzt sahen.

Wir, meine Komplizen und ich, verkauften unsere Beute und erwarben von dem Erlös etwa sechzig Kilometer weiter östlich einen großen Bauernhof. Den bewirtschafteten wir alle gemeinsam in Frieden und mit viel Erfolg. Wir hatten unser Auskommen und konnten jedes Jahr einen Teil unserer Einnahmen zurücklegen, sodass wir es zu einem gewissen Reichtum brachten.

Sechs Männer aus unserer ehemaligen Räuberbande, die auch einst arme Bauern gewesen waren und ein ähnliches Schicksal wie meine Eltern erlitten hatten, durch die Umstände zu Abenteurern geworden, zog es bald darauf nach Afrika, in die neu entdeckten Länder südlich des Mittelmeeres. Die Zurückbleibenden hatten ihnen von dem angesammelten Besitz ihren Anteil ausgezahlt, sodass sie auf dem fremden Kontinent nicht mittellos waren. Wir, die Übrigen, darunter auch meine Eltern, lebten auf dem Hof bis an das Ende unserer Tage.

Heinz von Stain aber, den niemand, mit Ausnahme seiner Genossen, von Angesicht kannte, geisterte noch lange in seiner Felsenburg und in den Köpfen der Menschen herum, obwohl er schon seit etlichen Jahren ganz woanders lebte.

XI

Von all den großen Plänen Ulrichs war eine Kindergeschichte übriggeblieben, in einem Heft der Kirchengemeinde veröffentlicht, in Gemeinschaft mit anderen Jugenderzählungen, in denen es von Zauberern und deren Gehilfen, auch von den klassischen Zauberlehrlingen, denen das Reiten auf Besenstiel ähnlichen Geräten beigebracht wurde, nur so wimmelte.

Nun gut, sein Name erschien im Inhaltsverzeichnis des Heftes, auch hatte der eine oder andere Leser, ihm meistens persönlich bekannt, in dem Bemühen, ihm etwas Nettes zu sagen, seinen Beitrag gelobt.

Aber eigentlich hatte er sich seinen Schritt in die Öffentlichkeit doch ganz anders vorgestellt, dachte er. War er seinem Ziel mittlerweile nicht schon so nahe gekommen. Soviel Arbeit hatte er sich in letzter Zeit gemacht. Mit kaum zu übertreffender Sorgfalt hatte er das Leben seines Helden untersucht, hatte Quellen gesucht und durchforstet, hatte sich gründlichst mit der Kindheit seines Protagonisten auseinandergesetzt.

War der späterhin berühmte Raubritter schon in seiner Kindheit ein Mensch gewesen, bei dem, wenn er sich zu Wort meldete, Zuhörer mahnend den Finger hoben und und sich Aufmerksamkeit erbaten? Einer, bei dessen Reden manche Zeitgenossen, zumindest aber die Altersgenossen, schon damals anerkennend nickten, mit der Zunge schnalzten und ihm, dem Jüngling bereits, eine große Zukunft prophezeiten.

Oder, war der grausame Raubritter in seiner Jugend ein unscheinbares Bürschchen gewesen, der schüchtern seinen Mund hielt, im Hintergrund blieb und keiner Fliege ein Leid zufügen mochte.

Ulrich hatte sein Werk so weit vorangetrieben, dass erkennbar war, er könne und er würde jetzt auch nicht mehr innehalten. Denn hatte er nicht die höchsten Gipfel der Widrigkeiten überwunden, strebte er nun nicht unaufhaltsam hinab ins Tal, dem Ziel, dem Ende seiner Arbeit entgegen.

Ulrich beschloss, jetzt auf eigene Faust zu handeln. An seiner Mentorin vorbei, trotzig, beauftragte er einen Verlag, seine Arbeit, seine Schöpfung, seinen Schatz, soweit jener zusammengetragen war, denn der Deckel der Schatzkiste war noch keineswegs geschlossen, gegen Bezahlung zu einem Buch zusammenzufassen. Es sollte im Buchhandel käuflich zu erwerben sein.

Und nun, ausgerechnet jetzt, wo sein Lebenswerk beinahe abgeschlossen schien, trat seine Partnerin Anne erneut auf den Plan, dergestalt, dass sie in seiner überreifen Frucht eine Made entdeckte und sein Buch als ungenießbar bezeichnete. Ein Schock!

Seine Beraterin, seine ihm, von wo auch immer, zugesandte Hilfskraft sagte ein Debakel voraus, nachdem er sie eingeweiht hatte. Es entstünde ein unfertiges, in jeder Hinsicht unvollkommenes Druckwerk, dessen Käufer man an den Fingern einer Hand abzählen könne, auch weil, neben anderen Mängeln, die schöne, den Leser mitziehende Liebesgeschichte nur ganz am Rande vorkomme und beinahe unterginge.

Was tat der verunsicherte Ulrich? Der wusste sich nicht anders zu helfen, als sich damit zu beruhigen, dass er seiner Mentorin Missgunst und schlechten Geschmack unterstellte und, sofern sich ihre Prognosen bewahrheiten würden, dies auch auf die breitere Leserschaft, die ausbleibende, zuträfe.

Es stellte sich nun aber zu Ulrichs Leidwesen heraus, dass die ihm zugeordnete Kassandra richtig lag bei der Beurteilung seines nach streng psychologischen Gesichtspunkten erarbeiteten historischen Romans, denn der Verlag schien nicht interessiert zu sein an seinem Werk. Es existierte schließlich nur einige Male auf bedruckten, zusammengefassten Seiten, ansonsten war es lediglich elektronisch gespeichert. Es befand sich, jederzeit abrufbar, auf einer Festplatte.

Die Welt, zumindest die lesende Welt, missachtete Ulrichs Gedankenkonstrukt; einerseits – exemplarisch demonstriert durch Anne –, weil der Geschmack ein anderer war, andererseits, weil den Übrigen nicht bekannt war, dass dort irgendwo auf dem Erdball ein Text auf seine Leser wartete. Anne und ihre Gleichgesinnten waren es nicht wert; um jene zu kämpfen, lohnte nicht. Was scherten ihn diese Menschen, die kümmerten ihn nicht. Die anderen aber, die musste er ansprechen.

Wie oben bereits erwähnt, zerbröselten die Beziehungsbande zwischen Ulrich und seiner Mentorin, denn beide waren desillusioniert, auch deshalb, weil die Vorstellung davon, wie ein gutes Buch, ein schönes Buch abgefasst werden sollte, erneut so unterschiedlich war und daraufhin jeder der beiden Beteiligten sich dem anderen überlegen dünkte. Sollten wir einen der beiden oder gar beide tadeln deshalb? Sind doch die Regeln auf künstlerisch, schöpferischem Feld schwammig, ist doch der Geschmack der Menschen unterschiedlich, zusätzlich auch noch veränderlich. Andererseits, dies könnte man entgegnen, sind nicht die Urteile der Leser aus dem einen oder anderen Grunde unterschiedlich gewichtig, nicht zuletzt bereits durch die schiere Menge und Qualität der einverleibten Lektüre. Ulrich jedenfalls hoffte, seine Leserschaft unter denjenigen zu finden, die an historischen, psychologisch gut durchdachten Themen interessiert waren. Zwischen diesen Lesern und seinem Buch musste eine schicksalhafte Abhängigkeit hergestellt werden.

Wie aber konnte er die Unwissenden, die im Kenntnisschatten Lebenden, mit seinem Werk zusammenbringen?

Ulrich hatte schon oft mit Verwunderung bemerkt, dass die Menschheit gerne an den Lippen derjenigen hängt, die durch bemerkenswerte Taten vor den Augen aller ins Rampenlicht geraten waren, seien diese Taten auch gut oder schlecht, bewundernswert oder sogar verabscheuungswürdig nach üblichen Normen.

Sollte er aus der Kulisse hervortreten? Sollte er den einst missglückten Versuch wiederholen?

Früher nämlich, in vielen Nächten, im Halbschlaf, hatte er darüber nachgedacht, wie er dieses beobachtete menschliche Verhalten nutzen könnte.

»Mir kam der Einfall«, hatte er seiner Zuhörerin Anne damals zu Beginn ihrer Bekanntschaft, als sie sich noch schätzten, als sie beide noch nicht mit den geschmacklosen, den schrecklichen Schönheitsvorstellungen des Anderen gehadert hatten, erzählt, »die Rolle eines verabscheuungswürdigen Bösewichts anzunehmen. Ich nahm mir vor, eine Frau an einem dunklen Ort zu belästigen, unsittlich, sie zu überfallen, mich anschließend festnehmen zu lassen und mein Verhalten nach der Ergreifung jener Rolle anzupassen, sodass ich auf diese Weise höchste Aufmerksamkeit erlangen würde. Denn als ein Mensch, den die Öffentlichkeit ›Sittenstrolch‹ titulierte, erhielte ich diese Aufmerksamkeit und die Zeitungen, die Geschichten dieser Art gerne aufgreifen, sie würden mich ganz sicher bekannt machen.«

Ulrichs Zuhörerin hatte seinerzeit geschwiegen, es hatte ihr die Sprache verschlagen.

»Ich erhoffte mir eine zugeordnete Schlagzeile wie, ›Brutaler Sittenstrolch schreibt Entwicklungsroman‹, ich wünschte mir dazu eine Unterzeile, etwa der Art, ›Die obskuren Gedanken eines Sexgangsters‹. Mein Bekanntheitsgrad, so hoffte ich, würde so groß werden, dass die Menschen im deutschsprachigen Raum mein Werk wahrnehmen würden. Ich würde gelesen werden, so träumte ich, denn erst nach dem Ableben bekannt zu werden, ist Mist — wenngleich immer noch besser als völlig anonym zu bleiben.«

»Leider wurde meine Aktion ein Desaster«, war er fortgefahren und hatte wahrheitsgemäß den gesamten Ablauf seines Überfalls in der Tiefgarage des Kaufhauses gebeichtet; furchtbar peinlich sei ihm sein Verhalten noch heute. Er hatte erzählt, wie sehr ihn die Skrupel geplagt hätten, wie sehr er mit sich gehadert habe; auch wegen seiner fehlenden schauspielerischen Begabung sei er sehr unzufrieden gewesen. Zu zögerlich habe er gehandelt, das wehrhafte Verhalten habe ihn völlig überrascht, der Tritt gegen sein Schienbein schmerze ihn noch heute.

Nein, dieses Experiment wollte er jetzt nicht wiederholen.

Aber waren ihm, kurzfristig, nicht auch andere Gedanken gekommen, damals in der Tiefgarage? Dazu hatte er sich nicht geäußert.

XII

So stand die Sache, als wir, Zuschauer bei der der Entstehung eines Buches, erneut hinzustoßen. Ulrich wusste, dass es schon immer Autoren gegeben hat, Heinrich von Kleist, Franz Kafka fielen ihm ein, die Teile ihres Werkes rigoros selbst vernichteten oder von Vertrauten verlangten, nach ihrem Tode dies zu tun. Ohne sich mit jenen vergleichen zu wollen – die Bedeutung seiner Schöpfung sah er zu seinem großen Bedauern sehr kritisch und die Arbeit stockte auch deshalb so häufig und ging deshalb nur langsam voran – nur für den Ofen oder den Papierkorb wollte er sich jedoch nicht abgearbeitet haben. Deshalb forderte unser Autor, recht unbescheiden, geradezu die Hilfen ein, die ihm, seiner Meinung nach, verbindlich versprochen worden waren. Hatte er nicht auch bedeutende Opfer gebracht. War er nicht in Vorkasse getreten, so sprach er, wenn er am Schreibtisch saß und seine Gedanken abschweiften, weil die zu beschreibende Handlung nicht voranging.

Was meinte er, fragen wir uns, wovon redet er?

Er war im vergangenen Halbjahr erkrankt; durch diese Erkrankung, völlig überraschend aufgetreten, geheimnisvoll, hatte sich bei ihm der Gedanke festgesetzt, dass sie seine vorab entrichtete Gegenleistung war, dafür, dass ihm jenseitige Hilfe zuteil werden würde.

Der aufmerksame Leser ist neugierig geworden, er möchte Genaueres wissen. Ulrich war, völlig aus der Norm, weil er das kritische Alter lange überschritten hatte, an Hodenkrebs erkrankt. Dieses Ereignis hatte ihn weder sonderlich überrascht noch ungewöhnlich erschreckt. Hatte er doch mehrfach und kürzlich wieder unter unseren Augen seine Gesundheit als Faustpfand angeboten, als es darum ging, dass sich Dinge für ihn zum Besten wenden sollten. Nun war sein Angebot angenommen worden. Außerdem war ihm als Mensch, der den Naturwissenschaften nahe stand, bekannt, dass diese rätselhaften Zufallsereignisse, sofern nicht gänzlich unmöglich, auch gewissermaßen Unbeteiligte treffen können.

Er hatte seit längerer Zeit am Hoden eine Veränderung bemerkt, eine Schwellung könnte man sie nennen, eine Verdickung. Beunruhigung zunächst, man hofft, dass der gewohnte, ursprüngliche Zustand wiederkehrt. Schließlich, nach wochenlangem Zögern, denn man fürchtet, trotz allem, die mögliche unangenehme Wahrheit, auch die indiskrete Bloßstellung vor dem Arzt, nun doch der Gang zum Urologen.

Zunächst Abwieglung, altersbedingte Veränderungen, Stirnrunzeln dann bei der Ultraschalluntersuchung. Verdächtig sei es, was man auf dem Bildschirm sähe, eine Untersuchung eines Fachmannes würde man empfehlen.

Und wenige Tage später kam der Spezialist im Krankenhaus zu einem ähnlichen Ergebnis – ein Tumor, höchstwahrscheinlich nicht gutartig, der entfernt werden müsse.

Der Operationstermin folgte und durch einen Schnitt in der Leiste wurde der erkrankte linke Hoden, an dem sich der Tumor gebildet hatte, entfernt. Die histologische Untersuchung bestätigte die Bösartigkeit, einerseits; die Tomographie andererseits war beruhigend, denn Lymphknoten schienen nicht befallen zu sein.

Das weitere Vorgehen: Eine Chemotherapie, ambulant an einem Vormittag durchzuführen, wurde vorgeschlagen. Dadurch würde, statistisch gesehen, die Wahrscheinlichkeit der Wiedererkrankung deutlich gesenkt werden.

Nach einigen Tagen Bedenkzeit, stimmte Ulrich der vorgeschlagenen Behandlung zu.

An einem Mittwochmorgen fand der Patient sich ein in der Urologie des Krankenhauses. Im Aufenthaltsraum der Abteilung wurde ihm sein Stativ, behängt mit mehreren Flaschen – der Inhalt: Giftlösungen, Salzlösungen – zugeteilt. Und während er gemütlich auf einem Sessel saß, gelangten durch eine Kanüle in der Armbeuge die beiden Flüssigkeiten in seinen Körper.

Im Laufe dieser mehrstündigen Prozedur hatte der Patient Zeit, sich umzusehen. An einem großen, runden Tisch in seiner Nachbarschaft waren sechs Gedecke liebevoll angeordnet worden; nun fanden sich zu einem gemeinsamen Frühstück die dazugehörigen sechs Männer ein. Mittendrin eine deutlich ältere Frau, die sich an dem lebhaften Gespräch beteiligte und sich erkennbar als moralische Stütze, auch als Moderatorin, den Übrigen zugeordnet hatte.

Denn die zum Frühstück Versammelten, merkwürdigerweise wird stets diese Mahlzeit bei so einem Anlass ausgewählt, waren allesamt Patienten und jeder von ihnen hatte sein mobiles Stativ, das demjenigen des Beobachters am Nebentisch ähnelte, an seiner Seite. Alle Gestänge wurden ähnlich genutzt, sie waren behängt mit Plastikflaschen; der Inhalt der angehängten Gefäße ergoss sich, begleitet von munteren Gesprächen, während des Frühstücks in die aufnahmebereiten Körper.

Häufig hörte Ulrich, der neben seiner Lektüre bisweilen auch Gesprächsfetzen vom Nebentisch aufschnappte, den Namen jenes Sportlers, der stets erwähnt wird in diesem Zusammenhang: Lance Armstrong. Der Genannte hat nach einer Hodenkrebsoperation mehrere Gesamtsiege bei der Tour de France, ein Mehretappenrennen durch Frankreich, errungen – mit illegalen Hilfsmitteln der Chemie höchstwahrscheinlich. Dies wird von Fachleuten vermutet.

Die anwesenden Männer waren also allesamt Hodenkrebspatienten, glatzköpfig überwiegend, die bei lebhafter Unterhaltung ihre Chemotherapie absolvierten. Als Ulrich nach der Behandlung den Raum verließ, entdeckte er nun auch zusätzlich auf dem Tisch eine Art Stander, der liebevoll mit dem Wort ›Hodenkrebsstammtisch‹ bestickt war.

Was für eine sinnvolle, für die Erkrankten erfreuliche Einrichtung, dachte der ambulante Zuschauer, als er sich, abgefüllt mit mehr als einem Liter Flüssigkeit, trotzdem beschwingt, auf den Heimweg machte, während die stationären Patienten vom Nebentisch sich wieder zerstreuten und, auf vielerlei Weise gestärkt, auf ihre Zimmer begaben.

Die aufgenommene Flüssigkeit sei alles andere als Wasser, kommentierte im Gespräch schnoddrig der behandelnde Arzt. Diese Aussage konnte unser Patient bestätigen, denn große Übelkeit befiel ihn morgens während der nächsten Tage. Und wenn der Verstümmelte, ob seines delikaten Verlustes, leidend, spottend, seine Situation überdachte, fiel ihm regelmäßig der Text eines Sängers ein, eines Barden, dessen Liedern, die jener zur Gitarre sang, Ulrich in seiner Jugend inbrünstig lauschte:

»… und die Männchen hatten Hoden und ein bisschen mehr Gewicht, ansonsten unterschieden sie sich von den Weibchen nicht …« und dass die Beschreibung im Plural, von der Natur weitsichtig so eingerichtet, auf ihn nun nicht mehr zutreffe.

Wie bereits angemerkt, er war noch zum Spotten aufgelegt, denn er hatte sich damit getröstet, dass Wahrscheinlichkeitsrechnung und Statistik keineswegs ausschlossen, dass ihm das widerfuhr, was auch andere Menschen erdulden mussten, nämlich im Alter durch unkontrollierte Zellvermehrung an irgendeiner Stelle im Körper zu erkranken. Aber außerdem definierte Ulrich, wie wir bereits erwähnten, dieses Missgeschick – er war sehr für gerechte Entlohnung, auch wollte er nichts geschenkt haben – als die von ihm im voraus geleistete Bezahlung für die Hilfe, die er als Gegenleistung erwartete.

Während nun der ungeduldige Autor auf die entscheidende weiterführende Eingebung hoffte, eigentlich geradezu wartete, lernte er die Familie seiner Bekannten aus dem Schwimmbad näher kennen.

Genau genommen handelte es sich um die ihres Sohnes. Jener war verheiratet und lebte mit Frau und zwei Kindern ganz in ihrer Nähe. Anne, sie war Witwe, wie wir wissen, machte sich gerne im Haushalt ihrer Schwiegertochter Ingrid nützlich. Eigentlich verrichtete sie aber nur, wenn überhaupt, Hilfsdienste; unverzichtbar machte sie sich vor allem als großzügige Geldgeberin. Denn die Tonangebende im Hause des Sohnes war dessen Schwiegermutter; jene hatte praktisch die Rolle einer Nebenhausfrau inne.

Sie hieß Ute, auch sie war alleinstehend; sie beeinflusste, ihrer Rolle entsprechend, so konnte Ulrich beobachten, das Geschehen im Haus, Hof und bei der Kindererziehung – einerseits, andererseits war sie auch bereit, bei Geburtstagsfeiern die Suppe zu reichen, abzuwaschen und sich bescheiden im Hintergrund zu halten. Sie hatte ein eigenes Bett im Souterrain, nutzte dies auch weidlich und identifizierte sich so sehr mit dem Leben ihrer Tochter, dass ihr bisweilen verräterisch das Wort ›wir‹ über die Lippen rutschte, wenn sie von den Tätigkeiten ihrer Tochter und ihrem gemeinsamen Umgang mit den Kindern bzw. Enkelkindern erzählte. Da die Tochter, ob eigene Entscheidung oder Einflüsterung der Mutter bleibt dahingestellt, bei ihrer Eheschließung ihren Mädchennamen beibehalten hatte und ihren Ehemann überredet hatte – an den neuen Namen sich zu gewöhnen fiele ihr sehr, sehr schwer – diesen, ihren Familiennamen anzunehmen, war dafür gesorgt, dass der bedeutende Begriff, der Name Seehaus, nicht aus dem Telefonbuch verschwand. Zusätzlich hatte diese Regelung den Vorteil, dass Ute Seehaus bei ihren häufigen Aufenthalten im Hause ihres Schwiegersohns sich am Telefon mit ihrem Namen melden konnte und durch Namensgleichheit legitimiert, energisch die Aufzucht der Enkel besprechen und in die Hand nehmen konnte, zumal ihre Tochter den Belastungen durch den Haushalt wegen sensibler Konstitution nicht immer gewachsen schien. »Sie badet gerne warm«, pflegte Ulrich oft noch anzumerken, wenn er im Bekanntenkreis von der Schwiegertochter seiner Freundin erzählte, wobei er sich eingestand, dass manche Beschreibung und manche Aussage von Boshaftigkeit diktiert waren.

Die Umstände brachten es nun mit sich, dass er, der lästerliche Beobachter, sich mit seiner neuen Partnerin häufiger im Hause ihres Sohnes aufhielt; dabei lernte er auch die Familienverhältnisse recht gut kennen.

Welche Funktion hatte Anne, seine Nixe von der Liegewiese des Badesees, in dieser Gemeinschaft?

Sie war in die Rolle der großzügigen Geldgeberin hineingedrängt worden und sie schien dieser Aufgabe auch gewachsen zu sein.

Denn schon mehrfach hatte sie mit hohen Beträgen das Konto ihres Sohnes ausgeglichen; darüber hinaus ermöglichte sie ihm schließlich vor einigen Jahren den Erwerb eines Hauses, in dem er samt Familie ohne größere zusätzliche finanzielle Belastungen lebte.

Nun gut, Ulrich wusste, dass Anne wirtschaftlich recht gut gestellt war – eine Erbschaft hatte dazu beigetragen, hatte sie ihm einst gebeichtet. Aber diese ungewöhnliche Großzügigkeit!

Auch, wenn es die einer sorgenden Mutter war, dieses Verhalten hätte es doch verdient, nicht als Selbstverständlichkeit abgetan zu werden oder sogar gänzlich unerwähnt zu bleiben.

XIII

Ulrichs Interesse an den Lebensumständen dieser Familie war geweckt worden, als er die Enkelkinder seiner neuen Bekannten zu Gesicht bekam. Sie waren in keiner Weise ungewöhnlich, soviel vorneweg, jedoch nett anzuschauen, eher zu dünn, was vor allem auf den Älteren zutraf, als zu dick, mitteilsam, verständig formulierend, überraschend wohlerzogen. Beide Knaben, Ole und Lasse, waren aschblond, beide blickten mit blaugrauen, großen, ausdrucksvollen Kinderaugen in die Welt. Der Ältere, Ole, sein Name war im Schwimmbad bereits einmal gefallen, war langhaarig und hatte von der Mutter einen, nach ganz strengen Maßstäben, etwas kleineren Kopf und die ungewöhnlich glatte Gesichtshaut geerbt, Lasse, der Jüngere, trug im Vergleich zu seinem Bruder die Haare wesentlich kürzer, wodurch seine Kopfform deutlich sichtbar und geradezu betont wurde.

Auch den Vater lernte Ulrich kennen. Jener verdiente als Ingenieur sein Geld bei einer großen deutschen Firma, die Autozubehör herstellte und vertrieb. In seinem Beruf war er erkennbar tüchtig; pflichtbewusst und belastbar war er aber nicht nur bei seiner beruflichen Tätigkeit, sondern auch als Familienvorstand.

Er bemühte sich, ein guter Vater zu sein und zusammen mit seiner hilfreichen Mutter der Familie einen gehobenen Lebensstandard zu bieten.

Die Mutter der Kinder hatte ein Studium abgeschlossen, mit Volkswirtschaft hatte sie sich beschäftigt, sagte sie, keineswegs nur, was sie oft betonte, mit der profanen Betriebswirtschaft. Sie war nur kurz in ihrem bisherigen Leben in der kleinen, mittlerweile liquidierten Speditionsfirma ihrer Mutter berufstätig gewesen und leitete aus der in mütterlicher Fürsorge spendierten sehr großzügigen Bezahlung ihre wirtschaftliche, aber auch sonstige Kompetenz ab. Was Wunder, dass sie, solcherart verwöhnt, die Neigung hatte, auf großem Fuße zu leben und andererseits nicht den Mut aufbrachte, sich den Anforderungen der tatsächlichen freien Wirtschaft zu stellen – man könne die Mutter nicht in Stich lassen, wurde argumentiert – und deshalb folgerichtig alle Bewerbungsversuche außerhalb der vier Wände der Firma ihrer Mutter nur halbherzig verfolgte. Merkwürdigerweise, das war auch hier zu beobachten, sind Menschen, die selbst nicht bereit sind, sich dem täglichen Leistungsdruck auszusetzen, besonders rigide, wenn soziale Missstände angeprangert werden: Utes Tochter ordnete sich selbst bei den Leistungsträgern der Gesellschaft ein und verurteilte auf das schärfste jegliche Art von Bequemlichkeit und Bummelei, jedwede Schwäche, den Missbrauch sozialer Einrichtungen. Sie, die morgens nur widerwillig dem wärmenden Bett entstieg, die so geschickt ihre Mutter, ihren Ehemann, ihre Schwiegermutter, diese, sofern es um die Finanzen ging, einspannte, hatte sehr genaue Vorstellungen, wie man gewisse Mitglieder der Gesellschaft zu größerer Leistungsbereitschaft antreiben könnte, welche politische Parteien hierbei ihre Vorstellungen am besten verwirklichten.

Ulrich beobachtete all dies und er wusste, dass sein Verhalten, vielmehr sein so sehr kritischer Blick nicht von Größe zeugte, dass die lästerlichen Gedanken, die durch seinen Kopf wanderten, ihn nicht auswiesen als großzügigen, toleranten Menschenfreund.

Für seine unbarmherzige, kritische Beurteilung seiner Mitmenschen und deren Fehlleistungen glaubte er schließlich die ihn beschämende Erklärung gefunden zu haben.

Eines Nachts nämlich, war er beim Gang zur Toilette, noch geblendet von der eben gerade gelöschten Lampe – er hatte wegen anhaltender Schlaflosigkeit noch gelesen – in der Dunkelheit über einen Gegenstand gestolpert. Du hättest den Stolpergegenstand gesehen, sagte er sich, wenn du nicht vorher im Hellen gelesen hättest, sondern aus der Dunkelheit gekommen wärst.

Übertragen auf deine boshafte Betrachtung der Umwelt, sagte er sich, ergibt sich Folgendes: Du siehst die Verfehlungen der Mitmenschen nur deshalb in dieser Deutlichkeit, weil sie dir so sehr bekannt sind als deine eigenen Fehler, weil du nämlich selbst im Dunkeln lebst, im Finstern, bei denselben Lichtverhältnissen. Wenn du aber ein toleranterer, ein edlerer Mensch wärst, du dein Leben im Hellen verbringen würdest, hättest du die Fehlleistungen deiner Umwelt überhaupt nicht bemerkt, ebenso, wie dein geblendetes Auge den Stolpergegenstand gänzlich übersehen hat.

So sprach er zu sich, der bemühte Ulrich und in stillen, kontemplativen Momenten war er mit sich sehr unzufrieden weil er gar so kritisch seine Umwelt betrachtete und beschrieb. Aber sollte er die Augen verschließen vor jenen von ihm erkannten Missständen? Immerhin hatte er doch seine Gedanken noch nicht ausgesprochen, sie, so sagt man, seien doch frei.

Unaufhaltsam, beinahe gegen seinen Willen, wurde sein Leben von den Lebensumständen der Familie seiner Mentorin absorbiert, immer häufiger wurde er eingeplant in ihren Tagesablauf.

Er lernte die beiden Kinder, Annes Enkelkinder, näher kennen und begann, sich für deren Leben zu interessieren, derart, dass deren Wohlergehen, auch der Wunsch, von den Kindern geschätzt zu werden, zum großen Teil sein Denken bestimmte. So kam es, dass er seine Schreibwünsche verdrängte und seine Schreibpflichten vernachlässigte und so kam es, dass Ulrich begann, wegen dieser Pflichtverletzungen mit sich und seinem Leben zu hadern, denn er fürchtete, seine Ziele nicht zu erreichen.

Schon oft hatte sich Ulrich gefragt, welch unbarmherziger Geist ihn antreibe im täglichen Leben. Weshalb plagte ihn schon in jungen Jahren sein Gewissen, wenn er seine Pflichten, eingebildete oder wirkliche, missachtete?

Um diese wichtige Frage zu beantworten, ist vielleicht ein Blick auf Herkunft und Werdegang recht hilfreich.

Ulrich war, soweit er sich zurückerinnern konnte, stets sehr ehrgeizig. Er wollte sowohl in seinen eigenen Augen als auch in den Augen seiner Umwelt erfolgreich sein.

Erfolgreich zu sein, bedeutete für ihn, Angefangenes ordentlich, siegreich zu beenden.

Diese Eigenart, dieser spezielle Ehrgeiz war seine Antriebsfeder; er war ihm in seinem Elternhaus eingeimpft worden.

Er war schuld, dass manche Stunde seines Lebens bitter und unbefriedigend verlief, aber auch verantwortlich für manchen Augenblick des Glücks. Und schließlich war er auch verantwortlich dafür, dass seine Ansprüche und seine Ziele stets von besonderer Art waren.

Ulrich entstammte einer Familie, die sich unübersehbar anstrengte, in der sozialen Hierarchie aufzusteigen. Bereits bei seinen Großeltern konnte man dies beobachten, denn trotz ungünstiger Voraussetzungen – Arbeitermilieu, Bildungsferne – bemühte man sich, den Kindern, darunter Ulrichs Vater, Schulbildung zukommen zu lassen. Zwei der drei Kinder dieser Familie erreichten die Mittlere Reife, damals ein wertvoller Abschluss, der Älteste machte Abitur, sogar, so erzählte man stolz, mit einem Spitzenergebnis.

Was treibt eine Mutter, Hausfrau, Ehemann Hafenarbeiter, an, ihre Kinder so zu fördern? War sie so fordernd und so vorantreibend, weil sie die Klugheit ihrer Kinder erkannte oder waren die Kinder klug und leistungsbereit, weil die Mutter, vermutlich weniger gebildet, sie antrieb? Wir können diese Frage heutzutage nicht mehr beantworten, sicher aber ist, dass dieser Bildungsehrgeiz weiter gereicht wurde. Denn Ulrichs Vater übte verbal Druck aus auf seine Kinder, nach heutigen Gesichtspunkten vielleicht nicht immer geschickt. Hinzu kam seine nimmermüde Bereitschaft, sich um jene, sofern es die Ausbildung betraf zu kümmern.

Du musst, so sprach er; ein besserer Schulabschluss ist günstig bei der späteren Berufswahl. Und Ulrich gehorchte seinem Vater, den er ansonsten nicht immer ganz ernst nahm. So entwickelte sich sein Ehrgeiz und er gewann die Erkenntnis, dass Pflichterfüllung, nämlich Angefangenes zum Ende zu bringen, dazu beiträgt, diesen Ehrgeiz zu befriedigen.

Nun gut, wie aber ist es jetzt im Alter? Welche geheimnisvollen Geister sind es nun, die ihn antreiben?

Es scheint die Furcht zu sein, nicht mehr beenden zu können, was einst begonnen wurde. Es scheint diese besorgniserregende Unruhe zu sein, diese schlafraubende, den Puls in die Höhe treibende Angst, welcher er durch schöpferische Tätigkeit zu entgehen hofft.

Er ist doch kein Scharlatan, kein Betrüger, der hochstaplerisch, also unverdient, Zusagen erhalten hat, die Gegenleistung aber nie und nimmer bereit ist, jemals abzuliefern!

Hat er nicht, durch Absprachen festgelegt, Pflichten, war er nicht auserwählt? Aus all diesen Gründen wollte Ulrich mit aller Macht seine Gedanken schriftlich hinterlegen, deshalb war ihm das Geschriebene, das er so mühevoll, quälend langsam, aus Unzusammenhängendem zusammen stellte, so wichtig.

Und sollte von ihm nicht etwas mehr übrig bleiben als ein Hügel, wo auch immer.

So dachte und redete Ulrich in seinem Wahn, amüsiert hören wir ihm zu.

Schauen wir uns um. Was treibt Philip Roth, den Amerikaner von der Ostküste an, in kurzen Zeitabständen seine Romane zu schreiben und zu veröffentlichen?

Wir können rätseln! Ist es individueller Ehrgeiz, durch das Lob der Kritiker Ruhm zu ernten, ist er süchtig nach Anerkennung? Will er viel Geld verdienen oder treibt ihn eventuell der brennende Wunsch, dem Leser Wichtiges mitzuteilen, immer wieder die Probleme alternder Männer in ihren komplexen Beziehungen zu schildern?

Erzählen, Leser gewinnen! Weil die Not groß war, weil Ulrich nicht weiter wusste, war er, um seiner Not zu begegnen, auf die Kindererzählung verfallen – Kinder sind schließlich dankbare Zuhörer, manchmal auch Leser. Denn, war er nicht auserwählt, hatte er nicht Pflichten!

Hatte er mit seiner Jugenderzählung »Heinz von Stain« diese Pflichten erfüllt? War diese schöpferische Leistung ausreichend?

Ach, wie sehr hoffte er auf das wohlwollende Verständnis seines Auftraggebers, seines Gläubigers.

XIV

Die gemeinsame geistige Arbeit unserer Protagonisten Ulrich und Anne – wohlwollend verzichten wir darauf, das Zusammenwirken präziser zu bewerten, darauf zu verweisen, dass die eine die Rolle der destruktiven Kritikerin einnahm, während der andere den sich abmühenden Schöpfer abgab – brachte es mit sich, dass jener mit der Familie seiner Mentorin in den vergangenen Wochen sehr vertraut geworden war. Dies geschah, genau genommen, gegen seinen Willen, denn er bemerkte, dass diese Vertrautheit zur Folge hatte, dass er seine eigentlichen Aufgaben vernachlässigte. Trotz dieser Erkenntnis konnte er es nicht – vielleicht wollte er es auch nicht – verhindern, ab und an zu kleinen Hilfsdiensten herangezogen zu werden.

Tatsächlich hatte Annes Schwiegertochter ihn eines Mittags beauftragt, den Sohn Lasse von der Schule abzuholen. Ulrich stand nun also vor dem Schulgebäude, umgeben von zahlreichen Müttern, die sich in vielen Fällen zu kennen schienen, denn es wurde überschwänglich begrüßt, viel umarmt, viel geküsst, und harrte der Dinge.

Auch einige Altersgenossen entdeckte er unter den Wartenden, Großeltern zumeist, denen die Eltern der Kinder erlaubt hatten, diese verantwortungsvolle Tätigkeit zu übernehmen. Sie schienen ihnen nicht einmal verboten zu haben, kurzfristig in die Rolle des Dialogpartners der Schule zu schlüpfen, denn auch Kurzgespräche im Schulgebäude zwischen jenen und vorbeihuschenden Lehrern fanden statt.

Schließlich hörte man den Pausengong, der das amtliche Ende des Schultages ankündigte. Es hätte dieses Signals nicht bedurft, denn bereits während der letzten zehn Minuten konnte man beobachten, dass Kinder, einzeln zunächst, dann immer zahlreicher aus dem Schulportal hervorquollen. Kurz nach dem akustischen Signal schien der größte Teil der dort Beschulten das Gebäude bereits verlassen zu haben, denn die heraustretenden Schülergruppen wurden kleiner und erschienen in immer größeren Abständen. Endlich dann, gemeinsam mit weiteren Nachzüglern, tauchte der erwartete Lasse auf, die Schultasche an einem Riemen über der Schulter, die Jacke nachschleifend in der Hand. Er kam in Begleitung zweier Jungen und eines Mädchens; sie waren sich einig, dass sie allesamt noch am Bahnhofskiosk, den sie auf dem Nachhauseweg passieren würden, Süßigkeiten erwerben wollten. Ulrich wurde einbezogen; er möge sie, schlug das Mädchen vor, auf seinem Fahrradgepäckträger zum Bahnhof transportieren, denn sie sei, im Gegensatz zu den anderen, Fußgängerin.

Der Erwachsene lehnte ab, sei es mit Rücksicht auf seinen wenig stabilen Gepäckträger, sei es im Hinblick auf die Straßenverkehrsordnung. Kurz entschlossen machte das Mädchen sich zu Fuß auf den Weg, im strammen Trab die Radfahrer begleitend; den Schulranzen der Läuferin hatte sich Ulrich umgehängt. So erreichten alle gleichzeitig das Ziel. Süßigkeiten lutschend standen sie dort am Bahnhof und plauderten über den Schulalltag, über Diktate und Rechentests, deren Ergebnisse man stark übertreibend kommentierte.

Ulrich war so uneingeschränkt anerkannt in dieser kleinen Runde, dass er Glücksgefühle nicht unterdrücken konnte. Ja, er war in diesem Moment so vollständig mit seinem Leben einverstanden und so zufrieden ruhend in der Gegenwart, so gänzlich abgetrennt von Vergangenheit und Zukunft, wie er es nie für möglich gehalten hätte. Was interessierten ihn die vergangenen Tage oder Jahre, was kümmerte ihn die furchteinflößende Zukunft, die sich wiederholenden alltäglichen Verrichtungen, Verpflichtungen. Er hielt sich mit allen Fasern seines Herzens – wobei das ›Herz‹ hier erkennbar weniger als Organ, denn als Metapher eingesetzt werden soll – in der Gegenwart auf, welche genau betrachtet nicht mehr als ein Wimpernschlag andauert, hier aber, großzügig, zu einer Zeitspanne, mehreren Wimpernschlägen, ausgedehnt wurde; diese Gegenwart war schön. Ulrich konnte nicht umhin, sich einen Glückspilz zu nennen.

Nachdem Ulrich den Enkel seiner Mentorin, Lasse, bei seiner Mutter abgeliefert hatte – wegen der Verspätung war er mit einem vorwurfsvollen Blick bedacht worden – war die euphorische Stimmung fast verflogen, obwohl er noch im Gedächtnis hatte, dass er sich vor wenigen Augenblicken voller Überschwang als Glückspilz bezeichnet hatte. Und während er zunächst darüber nachdachte, ob und wann ein solcher Glückspilz sogar glücklich sein könne, wanderten seine Gedanken, wohl angeregt durch den Kurzkontakt mit dem Hause Seehaus, unaufhaltsam hinüber zu dieser Familie und deren Lebensumständen.

Kleinbürgertum und ein Gemisch aus Antriebsarmut und Mutlosigkeit glaubte er bei den weiblichen Mitgliedern der Familie zu erkennen.

Was hatte er nicht schon alles erfahren. Große Zukunftssorgen mache sie sich, hatte Anne ihm kürzlich gestanden, vor allem, weil die Familie ihres Sohnes mit dem, was ihr finanziell zur Verfügung stand, nicht auskam.

Fünfstellige Beträge hatte sie in den letzten vier Jahren beigesteuert, in das Fass ohne Boden. Was würde werden, wenn sie nicht mehr helfend eingreifen könnte?

Auch von manch unangenehmem Streit im engeren Familienkreis berichtete sie. Zwischen Tür und Angel fänden diese Auseinandersetzungen häufig statt, sodass unter Zeitdruck manches unvollkommen oder gar nicht angesprochen wurde. Meistens liefen solche Gespräche, so beichtete Anne, nach dem gleichen Schema ab: Ihre Schwiegertochter werde, wenn man ihr widersprach, immer lauter, ihre Stimme schrill, schließlich kreischend; ihr Sohn wiederum, hochgradig empört, klemme sich in der Regel ein greifbares Kind unter den Arm und verlasse, sofern die Aussprache in ihrer Wohnung stattfände, Haustür zuschlagend die Stätte.

Gänzlich überraschend kamen für Ulrich solche Bekenntnisse nicht, war er doch selbst einmal Mittelpunkt einer lautstarken Auseinandersetzung und Zielscheibe eines heftigen Angriffs gewesen. Seine Version dieses Ereignisses erzählte er bei einem Zusammentreffen mit ehemaligen Schulkameraden, als sie sich gegenseitig in trauter Runde mit Geschichten von schwierigen Kindern, Schwiegersöhnen, Schwiegertöchtern oder anderen aufsässigen Mitgliedern ihrer Familie unterhielten.

Er sei Mieter einer alten Garage, berichtete er. Sie sei übrig geblieben aus jener Zeit als er noch Autofahrer war; sie diene nun als Lagerstätte von Gegenständen, die er nicht sofort entsorge, als sein Zwischenlager also. Er fuhr fort: »Ich habe sie Annes Schwiegertochter zur Verfügung gestellt, damit ihre Mutter die alten Geschäftsunterlagen aus ihrer ehemaligen Firma dort deponieren konnte.

Die Mutter hatte mich um Erlaubnis gebeten; sie müsse Auflagen der Steuerbehörde oder des Finanzamtes erfüllen und die Aktenordner für einige Jahre aufbewahren.

Eine gewaltige Menge war das, wie ich einige Tage später feststellte, untergebracht in mehreren zusätzlich aufgestellten Ikearegalen. Diese Masse, diese Fülle, ich war geradezu sprachlos.

Als ich einige Tage später bei einer Familienzusammenkunft andeutete, dass es mir die Sprache verschlagen habe, trat ich damit eine Lawine los. Man machte mir schwere, laut vorgetragene Vorwürfe. ›In jenen Kreisen, denen man entstamme, glücklicherweise, helfe man sich.‹ Auch einige Tränen wurden vergossen.

Wer kann da schon hart bleiben?

Mittlerweile sind biblische sieben Jahre verstrichen, fette oder magere, wer will dies entscheiden. Die Regale jedenfalls, samt Inhalt, stehen immer noch an ihrem Platz.«

Die Zuhörer lachten und mancherlei ähnliche Erlebnisse wurden, bis in den späten Abend hinein, zur Erheiterung der Anwesenden, beigesteuert.

Wie schön, dass es diese unverbindlichen, unregelmäßig stattfindenden Zusammenkünfte ehemaliger Schulkameraden gibt, dachte Ulrich. Nicht nur, dass uns jene beliebten Gespräche über unsere Tüchtigkeit in vergangenen, alten Zeiten erheben, auch erleichtert die Erkenntnis, so manch einer der früheren Genossen habe im Bekannten-und Verwandtenkreis gleichgeartete Widrigkeiten durchzustehen.

Ach, wie wunderbar passen Familienauseinandersetzungen der Art, wie sie vor uns ausgebreitet wurden, zu diesen Zusammenkünften.Was erfährt man nicht alles: Generationenkonflikte werden sichtbar, Klagen über Lieblosigkeiten hört man, unterschiedliche Auffassungen von Pflichterfüllung kommen zur Sprache, ebenso wie auch Vorwürfe über fehlende Anerkennung der geleisteten Hilfen.

So anregend diese Treffen der Schulkameraden auch waren, so interessant die Beobachtungen im Hause seiner Mentorin – viele der Streitgespräche mündeten dank der beiden Kinder oftmals ein in eine herzhafte Aussöhnung; im Anschluss befiel unseren Ulrich regelmäßig große Unruhe. Schmerzlich wurde ihm bewusst, dass er seine Pflichten leichtfertig und sträflich vernachlässigte. Empfand er doch das Eindringen, das Einfühlen in die Familie seiner Mentorin als eine schiere Bummelei, eine Glückspilzbummelei.

Schließlich, nach langem, hartem Kampf, widerwillig zunächst, kapitulierte er vor seiner bewundernswerten, kaum zu übertreffenden Willensstärke und befreite sich aus diesen verführerischen, doch störenden zwischenmenschlichen Banden.

XV

Tief im Süden Bayerns, in dem spitzen Winkel, der von den Flüssen Inn und Salzach gebildet wird, präziser noch, fast genau im Schnittpunkt der drei Winkelhalbierenden eines Dreiecks, welches auf der Landkarte von den Orten Mühldorf im Norden, Rosenheim im Westen und im Osten von Freilassing aufgespannt wird, liegt der kleine Flecken Stain an der Traun. Im hügeligen, malerischen Voralpengebiet, in der Nähe des Chiemsees, sich anschmiegend an das Prallufer der Traun, einem Flüsschen, das wenig später in die Alz einmündet und mit ihr zusammen das erwähnte Dreieck halbiert, finden wir diesen Ort mitsamt seiner grauen, verwitterten Burganlage.

Diese hat Platz gefunden unter dem überhängenden, tief ausgewaschenen Uferfelsen, sodass dieser Überstand, um als Dach Schutz zu bieten, von den späteren Bewohnern nur noch geringfügig durch einen Vorbau vergrößert werden musste.

So hatte Ulrich sie begonnen, die Geschichte des Raubritters Heinz von Stain und ähnlich entschlossen setzte er sie fort, denn die Furcht vor den Leiden des Müßigganges trieb ihn an.

Manches reimte er sich zusammen, manches entnahm er den lokalen, volkstümlich verfassten Geschichtsbüchern, manches den Erzählungen ortsansässiger Hobbyhistoriker – was man so macht, um ein Buch zu füllen, wenn Belegbares nicht ausreichend aufzutreiben ist.

Mit erkennbarer Liebe zum Beschäftigungsgegenstand und mit lobenswertem Fleiß fügte er die vielen vorhandenen Details zusammen. In der Rolle des Popularisierers versuchte er den Lesern, Laien, eine spannende Geschichte vorzusetzen und anbei auch noch Wissen zu vermitteln.

Die Arbeitsweise eines Dilettanten? Und wenn schon!

Er beschrieb die grausame Tätigkeit dieses Wegelagerers, der außer dem Kriegshandwerk nichts gelernt hatte und der deshalb, von Verarmung bedroht, wie viele andere, darauf verfallen war, sich die benötigten Mittel zusammen zu rauben.

Er warb um Verständnis für seinen Helden, indem er nach den Gründen für die Entwicklung zum Raubrittertum suchte; zusätzlich bemühte er sich, diesen Wegelagereien einen erkennbaren edlen Anstrich zu verpassen: Die geraubten Güter verwendete jener, so stellte unser Autor dies dar, weniger für sich, als dafür, seine Güter, seine Ländereien in Schuss zu halten. Seine Untergebenen, auch deren Arbeitsplätze in der Landwirtschaft, lagen ihm am Herzen, einem Musterland wollte er vorstehen.

Und was ist mit den schrecklichen Mordtaten, die man dem Straßenräuber nachsagte, fragen die kritischen Leser? Alles nur maßlos übertriebene Gerüchte? Nun, die Überfallenen seien von ihm festgesetzt worden, dies ist unbestritten. Sie seien aber in der Regel gegen eine Geldsumme freigelassen worden, andere Aussagen entsprächen nicht der Wahrheit. Sie verletzten geradezu den gesunden Menschenverstand.

Das war seine Antwort.

Armer Ulrich! In was hatte er sich hinein geritten bei seinem historischen Roman, bei seinem Bemühen, seinen Helden facettenreich, nicht wirklich liebenswert, aber wenigstens nicht unsympathisch darzustellen.

Seine Mentorin, die, nachdem er seinerzeit ihre Hilfe abgelehnt hatte, sein Bemühen besonders kritisch beäugte, eine reife Frau, wie sie immer wieder betonte, als solche im Leben stehend und in der Lage, sich in andere Menschen hinein zu versetzen, spürte seine Schwierigkeiten. Sie scheute sich auch nicht, dieses Erfühlte auszusprechen:»Gib es doch zu, dass du mit dem, was du geschrieben hast, überhaupt nicht zufrieden bist. Du steckst unentrinnbar fest in dem Morast, in den hinein du dich verirrt hast.

Du hast dich übernommen und keiner hilft dir! Wo bleiben denn deine Unterstützer, dein Wundermann, Dr. Mühsam, von dem du mir erzählt hast, wo ist er? Ich wollte dir seinerzeit unter die Arme greifen«, erinnerte sie ihn, »meine Hilfe hast du ja abgelehnt.«

So redete sie auf ihn ein und wiederholte zusätzlich, etwas boshaft, auch, um ihren Worten Nachdruck zu verleihen, die Aussagen der Mitglieder seines Literaturkreises, mit denen sie sich ausgetauscht hatte, und die seine früheren kleineren Schreibversuche aber auch sein jetziges Projekt heftig kritisiert hatten. Das Wort ›Niveau‹ war gefallen, er sei weit darunter geblieben.

Ulrich, dies zur Erklärung, gehörte seit Jahren diesem erwähnten Kreis an; man diskutierte über die Literatur, über die Bücher, auf die man sich mehrheitlich geeinigt hatte und die in Heimarbeit bis zum nächsten Treffen gelesen werden sollten.

Dieser Literaturkreis! Er fand reihum in den Wohnungen der Teilnehmer statt, und zum Abschluss aß man gemeinsam das vom Gastgeber aufgetischte Abendessen.

Was gibt es über diese lobenswerte private Kulturveranstaltung noch zu erzählen?

Bei den anschließenden Besprechungen der Lektüre gingen die Meinungen sehr oft weit auseinander – das war nicht anders zu erwarten, denn das Gelesene wurde ja auch immer bewertet. Ulrich, den seit langem in der Literatur schöpferisch Tätigen, verstörte besonders, dass die Germanisten, sie waren in der Gruppe in der Mehrzahl, allzu vehement den Ton angaben und dass deren Urteile häufig politisch eingefärbt waren oder unerträglich subjektiv, geradezu selbstherrlich gefällt wurden. Dies beklagte er häufig; die restlichen Teilnehmer, zu denen auch unser Autor gehörte, waren Naturwissenschaftler, die sich allesamt verbissen mühten, die ihnen leider nicht in die Wiege gelegte Sensibilität aufzubringen.

Aber selten konnten diese Experten objektive Bewertungsmaßstäbe anbieten; auch sie begannen ihre bedeutungsschweren Aussagen oftmals mit den schönen Formulierungen ›ich finde‹ oder ›ich meine‹, sodass sie sich nur geringfügig von einem Normalleser unterschieden.

Umso mehr wunderte sich Ulrich, dass Anne bei der Bewertung seiner Arbeit, dem Ergebnis seines Bienenfleißes, mit der Erwähnung des Literaturkreises und deren Mitglieder ihrem gesenkten Daumen mehr Gewicht verleihen wollte. Trotzdem antwortete er überraschend verbindlich:
»Wahrscheinlich haben sie aus ihrer Sicht Recht. Es ist ja nicht so, dass ich mit allem, was ich geschrieben habe, glücklich bin; vielleicht habe ich mich auch obendrein übernommen mit meinem historischen Roman. Ich bin sehr unsicher. Glaube mir, so schön die Gefühle der Überlegenheit sein können, wenn unsereins bei anderen die fehlende Rasse und Klasse von Geschriebenem durch Abgleich mit Gelesenem entdeckt, so schrecklich und bremsend ist es, wenn derselbe kritische Blick auch vor Eigenem nicht Halt macht.

Andererseits, ich bin ja noch nicht fertig, ich hoffe inständig, mich noch zu verbessern, denn damals im Traum, wurde mir Hilfe versprochen und daran glaube ich. Für die Hilfe habe ich sogar eine Gegenleistung angeboten«, fügte er noch hinzu.

Welch eine Aussage, welch ein Geständnis! Anne wird sie in Verbindung bringen mit naiver Gläubigkeit, dachte Ulrich, sie wird sich lustig machen über mich.

»Ein kleiner Faust bist du, ein Fäustchen und Dr. Mühsam spielt den Mephisto«, war Annes Erwiderung – so eine Bemerkung war zu erwarten.

»Verspotte mich nur; auf welche Weise ich mich zu einer Arbeit, die mir schwerfällt, motiviere, bleibt mein Sache. Aber schön, dass du, zusammen mit Mephisto, mir nicht auch noch unterstellst, mich der Magie verschrieben zu haben«

Und zusätzlich erläuterte er: »Sollte ich mich in Sphären begeben, die mir nicht zukommen, ehrfurchtsvolle Schauer beim Leser auslösen, indem ich davon spreche, dass aus meinem Kopf etwas herausdrängt und zu Papier gebracht werden will?« Diese Sache mit dem überqellenden Kopf hatte er kürzlich als Arno Schmidts Begründung für seine nicht nachlassende Schaffenskraft gelesen.

»Nein, ich will lediglich etwas fertigstellen, weil ich weiß, aus Erfahrung weiß, dass die Befriedigung oder das Wohlgefühl anschließend über alle Maßen angenehm ist. Einst fertigte ich als Heimwerker ein Hochbett an. Es ist benutzbar, auch belastbar, es wackelt nicht – es ist meine Schöpfung. Welch angenehmes, befriedigendes Gefühl!«

»Vergleichst du die Fertigstellung eines Buches mit deinem nicht wackelnden Bett«, fragte Anne spitz.«

»Soll ich etwa darauf antworten«, entgegnete Ulrich. »Ich gestehe aber, dass ich nicht weiß, wann oder wo das Handwerkliche aufhört und der Künstler tätig wird. Um aber eine grobe Grenzziehung vorzunehmen: Ich sehe mich eher als Handwerker.«

»Deine Bescheidenheit ehrt dich«, so Anne, »aber wenn du deine Profession als Handwerksarbeit bezeichnest und dadurch in den Augen mancher Menschen abwertest, so wird sich die Zahl deiner Leser in Grenzen halten. Mehr Leser anzusprechen, muss doch ein Ziel sein.«

»Nicht um jeden Preis«, sagte Ulrich abschließend.

Eine große Buchauflage, wirtschaftlicher Erfolg?

Erneut stellte er sich in diesem Moment die Frage, was ihn eigentlich antreibe bei seiner Tätigkeit. Eine überaus wichtige Frage für unseren verunsicherten Autor; denn irgendeine geheimnisvolle Kraft muss wirksam sein, sonst hätte er zwangsläufig seine Anstrengungen lange eingestellt, ist es doch fast unmöglich, ohne ein wenig äußeren Druck etwas zu beenden.

Weil ihm an einer positiven Bewertung seiner Person nicht nur durch die Umwelt, sondern auch durch seine Gesprächspartnerin gelegen war, auch, weil er selbst Klarheit wünschte, versuchte er ein weiteres Mal, seine Beweggründe zu präzisieren.

»Wenn ich mich dereinst zurücklehne«, sprach er mit hörbarer Unsicherheit, denn erst beim Reden verfertigte er seine Gedanken, »möchte ich mir das Folgende bestätigen können: Du hast dein Ziel, welches du vor Augen hattest, erreicht. Obwohl keine furchteinflößende Bergetappe deinen Weg erschwerte, die Steigungen moderat waren, ist dies eine lobenswerte Leistung, denn du hast durchgehalten.«

Nach einer kurzen Denkpause fuhr Ulrich fort: »Dies ist mein Wunsch, diesen mir zu erfüllen, das ist mein Antrieb. Denn ich kenne das Hochgefühl beim Einschlagen des letzten Nagels.

Wenn ich aber Glück habe, erfahre ich zusätzlich noch eine Steigerung, indem ich mit großer Zufriedenheit auf einen oder zwei schöne Tage zurückblicke, mehr noch, auf eine fruchtbare Zeit, in der mir meine zeitraubende, mühsame Beschäftigung ungewöhnliches Vergnügen bereitete, auf Glücksmomente, von denen ich im Rückblick schwärme.

Du siehst, schließlich lande ich – nicht zum ersten Mal – immer wieder bei demselben Ergebnis.«

So endete das Gespräch zwischen ihm und seiner unbarmherzig hartnäckigen Kritikerin.

Bei diesen nicht neuen Überlegungen kam ihm unweigerlich die Figur Ivan Denissowitsch in den Sinn. Jener war, wie wir wissen, der autobiographisch angelegte Gulagsträfling, dessen Tagesablauf Alexander Solschenizyn detailliert schildert.

Am Abend überdenkt jener Häftling, auf seiner Pritsche liegend, den langen verstrichenen Arbeitstag. Er kommt zu dem Schluss, dass dieser Tag, trotz widriger Umstände, Kälte, harter

Arbeit, durch nichts getrübt wurde und nahezu glücklich verlaufen sei.«

Welch hoffnungsfrohe Erkenntnis, dachte Ulrich. Sollte dieser erwünschte Zustand, trotz anderer eigener Voraussetzungen, nicht auch in meinem Fall möglich sein.

Intermezzo

Nach einer langen mit Nebensächlichkeiten träge verbrachten Zeitspanne – seine unbarmherzige Kritikerin, Anne, hatte er schon lange aus den Augen verloren, das Fragment seines historischen Romans lag sicher und wohlverwahrt in einer Schublade und die jüngere Vergangenheit mit jenen schrecklichen, tragischen Erlebnissen tauchte nur noch manchmal im Halbschlaf auf – könnte sich Ulrich möglicherweise seiner markigen Worte erinnert haben, die er einst in den Mund nahm, um im Gespräch mit jener Anne seine Schreibversuche zu rechtfertigen.

Jedenfalls hatte er kürzlich im Kreise seiner neu gewonnenen Literaturfreunde, beim Abendessen war es, angedeutet, dass er seine Schreibfaulheit, seinen Hang zum Müßiggang, hoffe überwunden zu haben. Mit den gesteigerten Aktivitäten erwarte er, bedeutend mehr Lebenszufriedenheit zu erlangen. Was mag Anstoß gewesen sein für dieses überraschende Erinnerungsereignis?

Sollten hierbei eventuell die regelmäßigen abendlichen Berichte von der Tour de France die Auslöser gewesen sein?

Denn soviel steht fest: Ulrich verfolgte das gesamte Renngeschehen auf dem Bildschirm; der Troß und das gesamten Feld befanden sich gerade in den Pyrenäen und der Kommentator, ein ehemaliger Radrennfahrer, gebrauchte bei seiner Beschreibung des Renntages die gleichen uns allzu bekannten Begriffe. Von einer furchteinflößenden Bergetappe sprach er, von dem Stolz über die erbrachte Leistung, von den Glücksmomenten danach beim Passieren des Zielstrichs – Formulierungen, allesamt recht hilfreich beim Erinnern.

Unsere erste Vermutung wird beinahe zur Gewissheit, als Ulrich sich in jenem Freundeskreis konkreter zu seinen Plänen äußert: Nachdem er nun seine lange Schreibhemmung – mutig gebrauchte er diese oft benutzte Fachvokabel der Literaten, um seinen vergangenen Zustand zu beschreiben – glaube überwunden zu haben, wolle er sich dieser schrecklichen, vor kurzer Zeit gemeinsam erlebten Geschichte zuwenden. Das sei doch naheliegend!

Denn man sei es dem verstorbenen Freund doch schuldig, die ganze Tragödie wahrheitsgemäß zu erzählen, um die spekulierenden, häufig wahrheitswidrigen Zeitungsberichte zu beenden. Sie, die Beteiligten wüssten doch genau, was geschehen sei.

Ob sich noch ein weiteres Mitglied ihrer Gruppe an der Arbeit beteiligen wolle?

Nein! Er jedenfalls werde sich dieser Aufgabe stellen; eine Fleißarbeit wie diese käme ihm jetzt gerade recht.

Einen Namen für diese Arbeit? »Schmidt und die Plagiatoren«, habe er sich überlegt, könnte die Geschichte heißen.

Ulrich holt sehr weit aus, er will keinen Fehler machen. Er taucht tief ein – nicht wieder eine Kindergeschichte in dem Heft der Kirchengemeinde, etwas mehr Augustus statt Augustulus, hoffentlich!

Die Briefe an eine fiktive Kollegin helfen uns, seiner Spur zu folgen.

Schmidt und die Plagiatoren

I

Die Physiker beschreiben ihre Welt mit lediglich sieben Basisgrößen. Die Größe »Zeit«, mit ihrer Einheit Sekunde, ist eine von ihnen. Sie ist von allen sieben wegen ihrer Eigenschaften die merkwürdigste.

Nicht allein, dass es kaum gelingt, sie zufriedenstellend zu definieren, hat sie auch vordergründig die verwunderliche Eigenart, ohne irgendein erkennbares Dazutun, durch irgendeine geheimnisvolle Kraft möglicherweise, unaufhaltsam zu verrinnen.

Nicht nur dieses Verhalten der »Zeit« ist rätselhaft und regt manchen nachdenklichen Menschen zum Philosophieren an, auch der Umgang mit jener Größe ist bei genauerem Hinsehen verwirrend und wird noch verwirrender, auch mühsamer, sofern man den Boden der klassischen Physik verlässt. Denn gewohnte Alltagsregeln gelten dann nicht mehr; erstaunlicherweise, zum Beispiel, lesen bewegte und ruhende Beobachter einer Zeitspanne auf ihrer jeweiligen Uhr Unterschiedliches ab.

Wir sind ja vielseitig gebildet! Wir gebrauchen richtigerweise das Lichtjahr als Längeneinheit und nicht als Zeiteinheit, wir haben gelernt, dass schnell bewegte Uhren langsamer ticken als ruhende, dass der Geschwindigkeit Grenzen gesetzt sind und die Lichtgeschwindigkeit etwas Besonderes ist.

Trotzdem! Wir wollen hier all dieses Wissen beiseite schieben und uns bescheiden auf die gewohnte klassische Physik beschränken, in der Uhren synchron laufen, sodass alle Beobachter auf ihren Chronometern am Ende eines Zeitintervalls die gleiche Zeit ablesen. Anderenfalls sieht man im Zusammenhang mit der Größe »Zeit« und ihrem Gebrauch unnötigerweise nur Fallgruben; sie bewirken allenfalls, dass so mancher

Leser diesen Text vorschnell beiseite legt, was aus unserer Sicht nicht wünschenswert ist.

Bei einer weiteren Absonderlichkeiten der »Zeit« ist dies gänzlich anders: Diese physikalische Größe ist für jeden einzelnen von uns nicht trennbar mit persönlichen Ereignissen und Schicksalen zusammengezurrt.

Deswegen, aber auch, weil solch eine Verknüpfung von Physik und Metaphysik sehr ungewöhnlich ist, wird diese Verbindung von den meisten Menschen mit großem Interesse beobachtet.Und nebenher wird, subjektiv zwar, das Verstreichen der Zeit registriert.

Was sieht der Hinschauende noch?

Er sieht, wie die verrinnende Zeit, schwer beladen mit Ereignissen, hinter der Gegenwart zurückbleibt, einem Förderband nicht unähnlich, das die aufgeladenen Lasten beständig von der Beladestelle weg transportiert.

Am Ende des Förderbandes stürzt das Aufgeladene in die unendlich tiefe Grube der Vergangenheit.

Was kann er nicht alles entdecken in dem größer werdenden aufgeschichteten Abfallhaufen?

II

Ich sitze mit aufgestütztem, schwerem Kopf an meinem Schreibtisch und denke zurück an die vor meinen Augen in kleinsten Teileinheiten verronnene Zeit, präziser, an ein Zeitintervall, das von den Daten 18.Januar und 23.Juli des vergangenen Jahres begrenzt wird und das mit unvergessenen Ereignissen belegt ist.

Ich erinnere mich, als ob es gestern war, dass mir, als ich vor Jahresfrist an einem regnerischen Sonntagnachmittag nach einem unerfreulichen, mit sentimentalen Erinnerungen verbundenen Ausflug zu den Stätten meiner Kindheit in meine Wohnung zurückgekehrt war, urplötzlich der folgende, höchst beunruhigende Gedanke kam: Kaum jemand, erschrak ich, wäre ungewöhnlich betroffen oder wenigstens über das Übliche hinaus berührt, wenn ich selbst Hand an mich legte und aus der großen Menge der Lebenden ausschiede.

Diese Erkenntnis, auch daran erinnere ich mich noch genau, hatte mich damals sehr überrascht, denn ich hatte meine Stellung innerhalb meiner Umwelt, weswegen auch immer, bislang anders eingeschätzt.

Wodurch war mir dieser Einfall gekommen? Mein Gedächtnis lässt mich bei dieser Frage in Stich. Aber jetzt, wo ich all dies aufschreibe, fällt mir ein, dass ich seinerzeit diesen Gedanken weiter gesponnen habe, auch, weil keine andere dringendere Beschäftigung mich abhielt und ich neugierig darauf war, wohin mich meine Denkarbeit führen würde.

Und jetzt zusätzlich, fällt mir noch ein anderer, gewichtiger Grund ein, weshalb ich damals so bereitwillig, so interessiert, über das Weitere nachdachte: Meine Lebenspartnerin, Agnes, hatte mir von heute auf morgen den Laufpass gegeben. Damit hing es zusammen, dass ich Überlegungen angestellt hatte, wie man dieses Ausscheiden durchführen sollte. Sollte es spektakulär ablaufen oder einem Unfall ähnlich sein, der sich zufällig ereignet hätte. Oder sollte ich eine verbrecherische Tat vortäuschen, einen Schuldigen ins Spiel bringen und dadurch eine intensive Fahndung nach einem Täter initiieren.

War ich nicht, wenn man dies recht bedenkt, trotz meines Alters immer noch ein unreifer, romantischer Zeitgenosse in jenen Tagen?

Agnes, das kann ich schnell erzählen, ist eine Nachbarin; ich kannte sie und ihre Lebensumstände bereits recht lange. Sie ist allein erziehende Mutter einer damals 12-jährigen Tochter; deren Älterwerden und das ihrer Mutter hatte ich in den letzten zehn Jahren aus großer Nähe verfolgt, denn wir wohnten beinahe Haus an Haus. Die Mutter, meine Nachbarin, war deutlich jünger als ich, sie war ähnlich einsam gewesen wie ich, so hatte sich unsere Verbindung ergeben. Unsere Beziehung war nicht leidenschaftlich, aber stets verlässlich, sie war solide, könnte man sagen. Wir behielten beide unsere Wohnungen; wir verbrachten jedoch manche Tage, manche Abende, manche Nächte zusammen. Ich unterstützte sie auch finanziell, denn ich erhielt nach meiner langen Berufstätigkeit eine für mich mehr als ausreichende Altersversorgung, während bei ihr die finanziellen Mittel eingeschränkt waren.

Wir beide, Agnes zusammen mit ihrer Tochter und ich lebten in unseren eigenen vier Wänden. In beiden Fällen waren dies ähnlich geformte kleine Siedlungshäuser, die in der Nachkriegszeit aus ehemaligen Schreberhäuschen entstanden waren.

Das Haus, in dem ich wohne, war ein solide gemauertes Gebäude, mit rechteckigem Grundriss, mit Erdgeschoss und einem zu zwei weiteren Zimmern ausgebautem Dachboden. Die Längsfront des Hauses, die parallel zum Wegrand verlief, besaß zwei Fenster; im ersten Stock, in den beiden Giebelwänden, sorgte je ein Fenster für Licht.

Mit dem Haus hatte es eine besondere, erwähnenswerte Bewandtnis: Es war während des letzten Weltkrieges aus einem ursprünglichen Behelfsheim, der Notunterkunft einer ausgebombten Familie, durch eigene Umbauten in dieser Form entstanden.

Die Familie, die dieses Haus damals bewohnte, soviel sei erwähnt, bestand aus einer Witwe und zwei halbwüchsigen Söhnen, die fast gleich alt, beide nach der Schulzeit, während des Umbaus, einen hierfür sehr nützlichen Handwerksberuf erlernten. Ich war mit dieser Familie über meine Mutter entfernt verwandt.

Das Haus, es stand auf städtischem Grund, das von seinen drei Bewohnern noch längere Zeit nach Kriegsende genutzt wurde, hatte man schließlich aufgegeben, weil eine städtische Behörde das forderte. Das ganze Gelände mit den Behelfsheimen sollte nun für Neubauten genutzt werden. Das Bauvorhaben verzögerte sich jedoch, warum auch immer, und die Häuser wurden, Wohnraum war knapp, erneut für begrenzte Zeit verpachtet.

Damals hatte auch ich zugegriffen. Es war für mich auch deswegen ein besonderes Gebäude, weil ich es kennengelernt hatte kurz nachdem ich aus der ländlichen Idylle in Süddeutschland in die graue, zerbombte Großstadt zurück verpflanzt worden war.

Das Haus mit seinem Garten, seinen Obstbäumen und Stachelbeerbüschen, seinem Geräteschuppen, der wie bei allen anderen Häusern auf dem hinteren Teil des Gartens stand, war der anheimelnde Ersatz für das im Süden Zurückgebliebene.

Ich erinnere mich, dass der Himmel bei unseren Besuchen stets makellos blau war, dass die längere Anreise nicht der Rede Wert war, dass solch kleine Widrigkeiten wie Fußmärsche oder Wasserholen – das Trinkwasser musste mit einem Eimer von einer öffentlichen Trinkwasserpumpe geholt werden – kaum oder überhaupt nicht ins Gewicht fielen.

Dieses Haus also hatte ich vor knapp zwei Jahrzehnten erworben und ungestört bewohnt, denn die städtischen Bauvorhaben waren in diesem Bereich an der Osterbek, einem kleinem Flüsschen, immer noch nicht verwirklicht worden. Kleine, sichtbare äußere Veränderungen registrierte man im Laufe der Jahre, die etwas größeren Sandwege wurden asphaltiert, die öffentlichen Brunnen, früher die Stätten anregender Plaudereien beim Wasserholen, verschwanden und Wasserleitungen wurden in die Häuser gelegt.

Einige Gebäude weiter, in derselben Straße, die man zutreffender eher einen Weg nennen sollte, bewohnte meine Lebenspartnerin mit ihrer Tochter und ihrer Mutter ein Haus ähnlicher Bauart und wahrscheinlich ähnlicher Geschichte. Kurz nachdem die Mutter von Agnes nach kurzer Erkrankung in einem Krankenhaus verstorben war, hatte ich sie kennengelernt; die jeweilige Einsamkeit hatte uns zusammengeführt. Und unsere Verbindung, so entstanden, hatte jetzt fast zehn Jahre ohne Trauschein gehalten.

Nun also, nach so langer Zeit, urplötzlich, hatte Agnes sich von mir getrennt. Unvernünftig war ihr Verhalten, so schien es, denn ich hatte ihr die letzten Jahre bei finanziellen Engpässen stets unter die Arme gegriffen, eigentlich brauchte sie mich.

Ich hatte die Bezahlung des Klavierunterrichts ihrer Tochter großzügig, so fand ich, ganz alleine bestritten und bei vielen Extraausgaben die Kosten getragen. Ich hatte diese kleinen Pflichten gerne übernommen, verschafften mir deren Erledigungen doch manchmal ein Gefühl der Befriedigung, hervorgerufen durch das Bewusstsein, eine Familie zu versorgen bzw. einen Teil meiner Pension sinnvoll einzusetzen.

Allerdings, wenn ich mein Tun überdachte, vermisste ich hin und wieder ein wenig die Dankbarkeit, speziell die der Tochter. Das Mädchen weigerte sich beharrlich, kindlich trotzig, in meiner Gegenwart ihre Künste am Klavier vorzuführen.

Selbst an Tagen, an denen Familienmitgliedern oder Bekannten gerne die Fortschritte präsentiert werden, an Weihnachtstagen, an Geburtstagen, sträubte sie sich hartnäckig etwas aus ihrem Repertoire vorzutragen, sofern ich zugegen war. Man tat es als harmlose Marotte ab; auch ein Hinweis der Mutter auf die Finanzhilfe des Nachbarn änderte nichts an ihrem Verhalten; sie lasse sich nicht erpressen, rechtfertigte sie sich.

Nun hatte Agnes mit einer kurzen, knappen Äußerung diese für alle Beteiligten nützliche Beziehung abrupt beendet. Unverständlich, denn erkennbar war ihr Tun nicht vernunftgelenkt.

Hatte ihre Erkrankung sie zu diesem Schritt veranlasst?

Agnes war vor knapp drei Jahren schwer erkrankt. Bei einer Routineuntersuchung hatte man in ihrer rechten Brust einen bösartigen Tumor entdeckt, der so weit angewachsen war, dass bei der Operation aus Sicherheitsgründen die ganze rechte Brust entfernt wurde. Erfreulicherweise waren nur ganz wenige Lymphknoten befallen, die zusätzlich entfernt wurden. Als Nachbehandlung wurde eine Chemotherapie vorgeschlagen und durchgeführt und auch trotz der körperlichen Beschwerden zum Ende gebracht.

Der psychische Schock war groß; Agnes meinte, einer dauerhaften Berufstätigkeit nicht mehr gewachsen zu sein.

Natürlich reichten jetzt die Einnahmen, im wesentlichen Sozialhilfe, nur noch knapp zum Leben, und wenn Extraausgaben anstanden, so musste ich – ich tat es gerne – einspringen.

Unsere Beziehung hatte auch diesen gesundheitlichen Einschnitt überstanden, bis etwa zwei Jahre nach diesem Schicksalsschlag Agnes unsere Verbindung zu meiner großen Überraschung abrupt beendete. Gründe wollte sie nicht angeben.

An dem Tag, an dem sie mir ihren Entschluss zur Trennung mitteilte, hatten wir eine Aussprache, in der ich Erklärungen verlangte. Zunächst wollte sie sich nicht äußern dann kam es doch zu einem längeren Zwiegespräch. Es hatte, erinnere ich mich, etwa den folgenden Wortlaut:

»Was habe ich euch, dir und deiner Tochter, getan, dass du mich so plötzlich vor die Tür setzt«, fragte ich sie.

»Da ist nichts, wofür du dich entschuldigen müsstest«, war ihre Antwort.

»Du kannst doch nicht von einem Tag auf den anderen unsere Beziehung beenden, wir haben uns doch gut verstanden, meistens jedenfalls.« Das Wort »meistens« fügte ich noch an, weil diese Einschränkung die Wirklichkeit richtiger beschrieb.

»Wie wollt ihr denn finanziell über die Runden kommen? Du musst doch auch an deine Tochter denken, ihre Ausbildung, ihre Musik.«

»Wir werden schon zurecht kommen«, entgegnete sie, »wir werden uns halt einschränken. Aber es ist schon bezeichnend, dass du sofort von den Finanzen redest. Wenn mich in unserer Beziehung etwas störte, dann war es diese Abhängigkeit von deinem Geldbeutel.«

Da war nun doch der Vorwurf, der mich traf, weil er mir die Rolle des harten, alten Knochens zuteilte; eine Rolle, in der ich mich selbst häufig sah, wenn ich mit kühlem Verstande argumentierte.

»Man kann vor deinen schwierigen Lebensumständen doch nicht die Augen verschließen«, versuchte ich mich zu rechtfertigen und wiederholte zusätzlich meinen Hinweis auf die Verantwortung, die sie für ihre Tochter trüge.

»Diese Abhängigkeit von dir, hinzu kommt mein Gesundheitszustand – all das zusammen kann ich nicht mehr ertragen, ich möchte dir nicht zur Last fallen«, bemerkte sie zum Abschluss.

Eigentlich eine noble, wenn auch unvernünftige Haltung – hatte vielleicht ihre Tochter Druck ausgeübt?

Noch mehrfach führten wir Gespräche ähnlichen Inhalts:

Endlos wurden sie, Prädikate blieben auf der Strecke, Subjekte verloren an Eindeutigkeit, Redewendungen und Füllwörter verdrängten das Logische.

Wir trennten uns.

III

Was für eine überraschende Wendung in unserer zwar nicht leidenschaftlichen, aber doch für beide Beteiligten stets sehr praktische Beziehung.

Wie reagiert ein fühlender Mensch meines Alters auf eine solche in seinen Augen ungerechtfertigte Zurückweisung? Kämpferisch, resignativ?

Nicht die eigene Entschließung, der Zufall bestimmt gar nicht so selten unser Handeln! Ich erinnere mich ganz genau: Ehe ich mich recht versah, war ich damals in jenen Volkshochschulkurs hineingerutscht, den ich in einer kurzen Anlaufphase zunächst einmal, schließlich zweimal wöchentlich aufsuchte. Er hieß: Kreatives Schreiben – Dichten.

Februar desselben Jahres

Liebe Kollegin,

als wir uns das letzte mal sahen, es war unser Pensionärstreffen, an dem Du trotz geringerer Lebensjahre teilnahmst, unterhielten wir uns, etwas abseits von den anderen, über das Erinnern. Das ist ja eine Tätigkeit, die man im Alter häufig ausübt. Weil ich mich in letzter Zeit besonders intensiv damit beschäftigt habe, das Verblassende mir ins Gedächtnis zurückzurufen, ist es doch nicht so ungewöhnlich, sich mit dieser Tätigkeit mal abstrakt zu beschäftigen. Was liegt näher, als Dir, liebe Ulla, meiner oftmaligen, verständnisvollen, lebensklugen Gesprächspartnerin, meine Gedanken mitzuteilen (Einmal Lehrer, …!) Also:

Das Erinnern, hab ich mir überlegt, ist eine geistige Tätigkeit, die in vielerlei Hinsicht der des Sehens ähnelt. Nicht nur, dass diese Fähigkeit hier wie dort für das Überleben von Mensch und Tier wichtig ist – sowohl beim Sehen, wie beim Erinnern wird eine Beziehung hergestellt zwischen einem Lebewesen, das sich erinnert, ich werde es im Weiteren Subjekt nennen, und einem Objekt, das ist der Gegenstand oder der Begriff, an den das Subjekt sich erinnert.

Ist diese Analogie zwischen dem Erinnern und dem Sehen zulässig? Hilfreich ist dieser Ansatz auf alle Fälle!

Ähnlich, wie dies beim Sehen geschieht, kann man auch beim Erinnern den Objekten zwei wichtige Eigenschaften zuordnen: Die Objekte können präzise wahrgenommen werden oder schemenhaft. Offensichtlich spielt hierbei die zeitliche Entfernung, die räumliche beim Sehen, eine Rolle. Und weiterhin, sowohl bei der einen wie der anderen Tätigkeit kann das Subjekt durch die Objekte, wir sollten sie dann Trugbilder nennen, getäuscht werden.

Gibt es nun auch Ähnlichkeiten, sofern wir die Erinnerungsfähigkeit und die Fähigkeit des Sehens beim Subjekt vergleichen?

Ähnlich der Sehfähigkeit hängt auch das Erinnerungsvermögen von der Begabung ab, dem Trainingszustand, auch vom Alter des Subjekts. Und schlussendlich kann auch noch, meine ich, das Objekt, nämlich seine Beschaffenheit, in beiden Fällen die jeweilige Fähigkeit zusätzlich beeinflussen.

Das war es, was ich mir überlegt habe und was ich Dir mitteilen wollte. Ich hoffe, Ulla, Du verzeihst mir diese Lehrerattitüde und meinen vielleicht unzulässigen Versuch, eine Denktätigkeit und die Arbeit eines Sinnesorgans auf einen Leisten zu spannen.

Bis bald!

Herzlichst …

Wie waren wir zusammengekommen, dieser Kurs und ich? Diese Zusammenkunft war die Voraussetzung dafür, dass die späteren Ereignisse folgen konnten. Mein Gedächtnis lässt mich nicht in Stich:

Schuld hatte mein Interesse an dem Hamburger Schriftsteller Arno Schmidt (18.1.1914 – 3.6.1979), diesem wunderlichen Autor, der einige Jugendjahre im Hamburger Stadtteil Hamm verbrachte.

Ich hatte mich auf den erstaunlich menschenleeren Straßen, die diese Wohnquartiere heutzutage durchschneiden, ebenso wie andere Interessenten an seinem Geburtstag in den Rumpfsweg, eine kleine Straße in Hamm, begeben. Dort, vor dem Hauseingang eines Neubaus aus der Nachkriegszeit – das Schmidtsche Geburtshaus war im zweiten Weltkrieg zerstört worden – versammelten wir uns, lauter mir ähnliche Enthusiasten. Dort standen wir im Halbkreis vor der Eingangstür des Nachfolgehauses und tauschten unser Wissen über den berühmten, wenig gelesenen Sohn der Stadt aus.

Zum Abschluss wurde ein dargereichter Schnaps getrunken, vermutlich jene Billigmarke, die das gefeierte Geburtstagskind in seinem späten Jahren in seinem Wohnort Bargfeld bevorzugte. Feinheiten wie diese sind unerlässlich bei solchen Anlässen, denke ich.

Anschließend zerstreute sich die kleine Gruppe. Einige der Schmidtjünger, das war bekannt gemacht worden, wollten sich im lokalen Stadtteilbüro treffen, um sich noch ausführlicher ihrem Idol zu widmen. Ich wollte mich ihnen anschließen, machte aber einem vagen sentimentalen Impuls folgend, auf dem Weg dorthin, einen kleinen Umweg, um in einer kleinen Nebenstraße, die den Geesthang hinaufführte, anzuhalten.

Hier hatte einst ein Mädchen gewohnt, das von mir in jenen frühen Jahren sehr verehrt, ja geradezu angebetet wurde. Die Erinnerung trieb mich, und sie lenkte meine Schritte zum Wohnhaus der seinerzeit so sehr Bewunderten. Vor der Haustür kam ich mit einer kleinen, unscheinbaren, älteren Frau ins Gespräch; auf den zweiten Blick erkannte ich in ihr die Mutter der damaligen Schönheit. Ich gab mich zu erkennen, meine Gesprächspartnerin erinnerte sich nicht. Ihre Tochter, sie habe damals viele Freunde gehabt, sei in Frankreich verheiratet, verriet sie mir. Diese letzte Information, ... nun das ist der Lauf der Dinge. Aber die Erkenntnis, so gar keine Spuren hinterlassen zu haben, wenn auch nur bei der Mutter, die trafen mich ins Mark! Wie hatte ich vor vielen Jahren an diesem Ort gelitten! Wir, die Mutter und ich, trennten uns, als ob unsere Lebensläufe sich noch nie überlappt hätten.

Diese Exkursion in die Vergangenheit war der Grund für mein verspätetes Hinzustoßen in die Runde der Arno-Schmidt-Kenner. Wir tauschten erneut, jetzt im kleineren Kreis, unser Wissen aus. Fast alle hatten das Buch ›Freitisch‹ von Uwe Timm gelesen; fast alle konnten, nicht nur deshalb, fundiertes Wissen beisteuern und bereitwillig ließ man alle Anwesenden teilhaben.

Auch ich war für meine Zuhörer mit meinem Beitrag nicht uninteressant, konnte ich doch damit punkten, dass mein Vater für eine gewisse Zeit Klassenkamerad von Arno Schmidt gewesen war und gemeinsam mit anderen an einem Erinnerungsbuch, »Portrait einer Klasse« der Name, mitgewirkt hatte. So kam es, dass man mich aufforderte, regelmäßig an einem literarischen Zirkel, einem Kursus der Volkshochschule, teilzunehmen. Er fand statt unter diesem beeindruckenden Titel, den ich gerne wiederhole: »Kreatives Schreiben – Dichten.«

IV

Ein Raum im Stadtteilbüro war unser Veranstaltungsort; einmal wöchentlich trafen wir uns dort um achtzehn Uhr; nach zwei Stunden, geteilt durch eine kurze Pause, gingen wir wieder auseinander, machten wir uns auf den Heimweg.

Der Kurs umfasste, mich mitgezählt, sieben Männer und zwei Frauen.

Der Leiter des Kurses, er hatte wie selbstverständlich diese Rolle angenommen, ein gewichtiger Mann, sah seine Aufgabe darin, als Moderator die Gespräche voran zu treiben. Er fasste sprachlich geschickt, routiniert, die Aussagen der Kursteilnehmer in Abständen zusammen und gab häufig, wenn die Diskussion festgefahren schien, sehr selbstbewusst eine neue gangbare Richtung an.

Er war ein überdurchschnittlich großer Mensch mit einer schlechten, sehr laschen Körperhaltung. Er hieß David und wir sollten ihn, bot er uns an, Dave nennen. Sein schütteres Kopfhaar war am Hinterkopf mit einem roten Band zu einem kleinen Zopf zusammen gebunden. Sein Kopf schien durch dieses dünne Schwänzchen nach hinten auffällig verlängert; auf Grund der recht großen Nase wirkte er in der Seitenansicht unübersehbar stromlinienförmig.

Die beiden weiblichen Mitglieder des Kurses hingen, das konnte man häufig beobachten, an seinen geschickt formulierenden Lippen – einem selbstbewusst auftretenden Menschen fliegen halt die Herzen zu.

Eine der beiden Frauen war offensichtlich die Ehefrau eines Teilnehmers, die zweite weibliche Teilnehmerin war alleinstehend, die übrigen sechs Männer Junggesellen.

Keiner der neun Literaturfreunde war noch berufstätig. Mit einer Ausnahme – in der Person eines Zahnarztes – hatten sich ausschließlich ehemalige Lehrer und Angestellte des öffentlichen Dienstes hier zusammengefunden.

All dies fand ich erst im Laufe der Zeit heraus, auch, dass keinen in unserer Gruppe größere finanzielle Sorgen drückten. Mein Tischnachbar in unserer Runde war von Beginn an ein Mann in meinem Alter; er war mittelgroß, er war, wie ich beobachten konnte, leicht gehbehindert. Im Laufe unserer Zusammenkünfte stellte ich auch noch eine leichte Versteifung der rechten Hand fest, sodass sie und der Arm nur eingeschränkt benutzbar waren. Später erfuhr ich, dass Kurt, so hieß mein Nachbar, diese Behinderung einem Schlaganfall zu verdanken hatte. Dozent war er in seinem Berufsleben gewesen, mit Botanik, speziell Nutzpflanzen, hatte er sich an der Hochschule beschäftigt, als Bundesbeamter mit höherem Dienstgrad war er beschäftigt gewesen.

Er konnte im Gespräch mit mir interessant erzählen, bei der Diskussion war er eher schüchtern, obwohl er in seinem Berufsleben nicht nur in der Forschung tätig gewesen war, sondern auch als Lehrer am Katheder gestanden hatte.

Es ist eigentlich merkwürdig, dass man immer wieder, um eine vorläufige (immerhin) Einordnung eines Menschen vornehmen zu können, die berufliche Tätigkeit oder die Ausbildung erfragt. Natürlich kann man aus ihr einiges folgern, aber sollte man nicht besser, bevor man sich im Gespräch einen Eindruck verschafft, anderen Lebensleistungen größere Bedeutung zukommen lassen? Wie, könnte man fragen, trägt ein neuer Bekannter älteren Jahrgangs die Lasten des Alters?

Kurt, jedenfalls, trug die seinen offensichtlich souverän und geduldig, das glaubte man festzustellen.

Auch bei unseren Gruppengesprächen entpuppte er sich als angenehmer Zeitgenosse:

Im Gegensatz zu David war er, sofern er sich äußerte, sehr sachlich, sehr leise, sodass man ihm gerne zuhörte.

Zur Erklärung! Wir hatten vereinbart, zunächst zum gegenseitigen Kennenlernen, in den ersten vier bis sechs Wochen ausgewählte Lektüre zu lesen, um dann in der Woche darauf unsere Gedanken darüber auszutauschen.

Dabei war es vorgesehen, dass jeder Einzelne sich in häuslicher Arbeit mit dem gemeinsam ausgewählten Buch beschäftigte, derart, dass er es in vereinbarten Portionen durchlas, um sich darauffolgend über das Gelesene äußern zu können. Erst nach dieser Zeit des Kennenlernens wollten wir selbst schöpferisch tätig werden.

Auf diesen Ablauf hatten wir uns geeinigt, auch nachdem ich kenntnisreich von meinen Erfahrungen erzählt hatte, die ich in meiner früheren Literaturgruppe gesammelt hatte.

Zusätzlich und unaufgefordert berichtete ich dann noch von weiteren Details: Dass bei der Bewertung des Gelesenen die Meinungen stark divergierten und die Pausen zwischen den Zusammenkünften im Laufe der Zeit größer und größer geworden seien. »Schließlich ist unsere Veranstaltung«, fügte ich noch an, »ganz eingeschlafen, wohl auch, weil der Älteste in unserer Runde, er war ein Wortführer, verstorben ist.«

Zurück zu unserer Tischrunde. Mein Nachbar Kurt meldete sich selten zu Wort. Er schien, vielleicht Folge seines Berufes, sehr misstrauisch zu sein gegenüber den Ergebnissen seiner und anderer Leute Denkarbeit; das war auffällig im Vergleich zu den Wortgewaltigen in unserer Gruppe. Wohltuend unterschied er sich hierbei von unserem Dave, der bei der Einschätzung der Lektüre – zu irgendeinem Zeitpunkt wurde unweigerlich gewertet – sehr bestimmt über Qualität bzw. Mängel des vorliegenden Buches entschied.

Mit beidseitig bis zur Schulter angehobenen Händen, mit von links nach rechts pendelndem Kopf, eine Bewegung, die das sorgfältige Abwägen für jedermann sichtbar machte, mit vielen

Füllwörtern, fällte er, letztlich sehr energisch, sein abschließendes Urteil. In den meisten Fällen wurde es gerne übernommen. Es gibt Menschen, dachte ich, denen man das sogenannte absolute Gehör zuschreibt. Sollte es auch solche geben, die den absoluten guten Geschmack haben?

Mein Freund Kurt war hierbei ganz anders. Er fürchtete, wie er mir später erzählte, seine Zuhörer mit ungeschickter und eingeschränkter Wortwahl zu langweilen. Einmal, auf dem Heimweg – sofern wir mit öffentlichen Verkehrsmitteln angereist waren, fuhren wir ein ganzes Stück gemeinsam – versuchte er, mir seine Zurückhaltung zu erklären:

»Die Erwartungen an die eigene Person lassen unsereins leicht verstummen. Wenn ich mich äußere, bin ich immer ganz aufmerksamer Zuhörer meiner selbst. Das war früher, im Unterrichtsgespräch mit meinen Studenten, ganz anders. Jetzt höre ich mir zu und empfinde meine Äußerungen oft als ungeschickt oder banal. Zusätzlich bin ich unzufrieden mit meiner Art zu reden. Zu oft ist das der Fall, einfach zu oft. Das lässt mich lieber schweigen. Wenn ich mit einem einzelnen Gesprächspartner rede – das ist etwas anderes, dabei bin ich viel gelassener.

Allerdings«, fuhr er fort, »höre ich mir auch andere Redner kritisch an. Unser bezopfter David – der redet auch oft ziemlichen Blödsinn. Aber selbstbewusst ist er; so zu sein, das kann auch nicht jeder.«

Wie unterschiedlich sind doch die Gaben verteilt!

Wo bleibt hier die Gerechtigkeit? Beständig wird dieser Begriff beschworen; sollte nicht auch der durch Geburt und / oder Begabung zu kurz Gekommene die gleichen Chancen erhalten?

März desselben Jahres

Liebe Kollegin,

nach längerer Zeit wollte ich Dir mal wieder ein Lebenszeichen zukommen lassen.

Ich habe Dir bereits vor einiger Zeit am Telefon erzählt, wie sich das verhält mit meinem Volkshochschulkursus – es fällt mir, wenn ich ehrlich bin, immer noch schwer, den Namen dieser Veranstaltung auszusprechen: Kreatives Schreiben, Dichten – welcher einmal wöchentlich stattfindet. Mein häufiger Gesprächspartner, er heißt Kurt, wie Du bereits weißt, ist ein sonderbarer Mensch. Trotz seiner Behinderung ist er der letzte, der Mitleid oder gar Rücksichtnahme benötigt, denn er ruht, wenn Du mir diese Formulierung erlaubst, völlig in sich.

Aber ich schweife ab, ich wollte Dir von etwas anderem erzählen. Es gibt von Thomas Mann eine Erzählung, »Ein Glück« heißt sie, der Autor hat sie im Jahre 1904 geschrieben. »Dreitakt und Gläserklang«, so beginnt sie eindrucksvoll, überfallartig.

Es wird geschildert, wie der kleinen Baronin Anna ein kurzes Glück widerfährt; beim Ball im Offizierskasino, in Hohendamm mit den »Schwalben«, einer Gruppe zweitrangiger Sängerinnen.

Nicht nur in die Seele der Baronin gewährt uns der Dichter einen Blick, man lernt auch einen Offizieranwärter kennen, der, ebenso wie die Baronin Anna dazu gehören will zu den Lebenslustigen. Ihm, dem Anwärter, so wird er beschrieben, geht das Taktgefühl ab am Klavier, sodass Baron Harry, ein Offizier, der Ehemann der Baronin, lauthals seine Ablösung am Instrument fordert.

»Avantageur«, herrscht er ihn an, diesen Talentlosen, diesen Unbedeutenden, dessen Name dem Leser verborgen bleibt, und befiehlt ihm, einem anderen Platz zu machen. Nun, Du kannst alles nachlesen; der Avantageur gehorcht natürlich, er ist ja nur Anwärter und er ist ein Mensch, dem es vorbestimmt ist, wahrscheinlich, in seinem weiteren Leben Anwärter zu bleiben.

Liebe Kollegin, aus Spaß habe ich mir überlegt, wie wohl sein weiterer Werdegang verlaufen sein könnte: Vielleicht hat er sich von seiner Militärlaufbahn verabschiedet, weil er erkennt, dass für ihn, er ist bürgerlicher Herkunft, die Barrieren zu hoch, der Karriereweg zu mühsam wird. Man traut ihm einfach wenig zu auf seinem Lebensweg. Überlebt er den drohenden Weltkrieg? Wohl kaum, denke ich. Sind doch die schlaffen, die untauglichen Figuren – so beschreibt ihn Thomas Mann – zu denen er zweifellos zählt, diejenigen, denen die anfängliche große Kriegsbegeisterung völlig fremd ist, oft die ersten, die den Tod fürs Vaterland erleiden. Dieser Lebensablauf, wenn er sich so abgespielt hat, ist beklagenswert, ist ganz schrecklich. Aber ist dieses tragische Schicksal ungerecht, ist es unausweichlich? Haben nicht die Eltern des Avantageurs ihrem Sohn die Möglichkeit gegeben, unter großen Opfern vielleicht, das Klavierspielen zu erlernen? Hat er das, was möglich war, genutzt? Warum klingt sein Spiel wie Trauergeläut? Baron Harry wählt diese Bezeichnung. Warum fehlt ihm der Takt im Leib? Was kann der Leutnant, der ihn ablöst am Instrument, besser? Ach, man muss es sich eingestehen, widerwillig. Die Talente sind unterschiedlich verteilt. Die Gesellschaft, stets um Ausgleich bemüht, wird dies nicht ändern können. Der Avantageur wird sein Leben lang, das fürchtet der Pessimist und mancher, der mit ihm fühlt, ein Anwärter bleiben. Ein Opfer? Ahnst Du, warum ich Dir dies schreibe? Wie kann unsereins, können diejenigen, denen das Talent abgeht, trotzdem im Wettbewerb hin und wieder punkten? Weißt Du eine tröstliche Antwort, einen Ratschlag? Herzlichst .

Armer Kurt, dachte ich manchmal. Aber benötigte er mein Mitgefühl? Er hatte mir einiges aus seinem Leben erzählt; nun, er hatte nicht immer Glück gehabt. Hören wir uns seine Geschichte an. Er war 66 Jahre alt, geschieden, er war, wie ich schon erwähnte, als Biologe am Institut für Zierpflanzenzüchtung der hiesigen Universität tätig gewesen. Er hatte einen Schlaganfall erlitten, der etwas zu spät behandelt, ihn mit einem leicht hinkenden Bein und einem eingeschränkt gebrauchsfähigen rechten Arm zurückließ. Bis zu seinem Ausscheiden aus seiner Lehrertätigkeit vor zwei Jahren, Grund war die erwähnte gesundheitliche Einschränkung, hatte er mit großem Engagement sich um seine Studenten, häufig Doktoranden, gekümmert.

Nun lebte er ganz alleine in seinem Haus am Rande Hamburgs.

Dieses Domizil, einstöckig, für ihn selbst viel zu groß – mein eigenes Haus passte mehrfach hinein – war ringsherum von Bäumen umgeben, von denen einige dem Gebäude so nahe standen, dass ihre Äste kaum etwas vom Dach frei ließen.

Man konnte sich beim Anblick dieses Wachstums gut vorstellen, dass kaum zwei Jahrzehnte später dieser einstmals attraktive Bungalow gänzlich zugewachsen sein würde.

Im Innern des Hauses, ich hatte Kurt, nachdem wir uns einige Wochen kannten, an einem Nachmittag besucht, war es dunkel-düster. Am helllichten Tage, es war früher Nachmittag, musste elektrisches Licht zugeschaltet werden, um die Zeitung lesen zu können.

Der Gastgeber ging, nachdem er mich eingelassen hatte, voraus in sein sehr großes, vollgestelltes Wohnzimmer und nahm an einem der beiden Tische im Zimmer Platz, offensichtlich auf seinem gewohnten Sitzplatz. Hier wies er mir, seinem Sitz gegenüber, einen Stuhl zu. Er hatte eine Flasche Sekt bereitgestellt, dazu zwei Gläser. Er gab mir die Flasche; ich sollte sie öffnen – durch seine Behinderung sei er dazu nur mit Mühe in der Lage – und die Gläser füllen.

Seine Beschäftigung bis zum Mittagsessen, das ihm eine Haushaltshilfe zubereitet hatte, war die Lektüre mehrerer Zeitungen gewesen.

»Originelle Todesanzeigen sind mein Steckenpferd«, erklärte er, »die schneide ich aus und sammle sie. Es gibt dazu auch bereits eine Buchreihe, die sich einer hohen Auflage erfreut. Ich habe dazu auch etwas zusammengestellt, habe meine Werke aber nur an Freunde verschickt.«

Über sein Hobby unterhielten wir uns längere Zeit; im Hintergrund rumorte ein Papagei, der in einer voluminösen Voliere, die vor dem großen Wohnzimmerfenster stand, herumtollte.

Kurt erzählte mir auch seinen Werdegang.

Nach einer abgebrochenen Schullaufbahn und einer Gärtnerlehre, nach dem Erwerb der Hochschulreife, hatte er ein Biologiestudium aufgenommen und sehr schnell erfolgreich beendet. Danach, so führte er aus, hatte er die Assistentenstelle, die man ihm sofort danach angeboten hatte, angenommen und war dann die Karriereleiter hochgeklettert. Nun war er, als Lehrstuhlinhaber, auf Grund seiner Erkrankung, in den Ruhestand versetzt worden; leider, fügte er an. Denn noch gerne hätte er in seinem Beruf weiter gearbeitet.

Ach, wie kann man im Alter wunderbar schwadronieren, über Zeitgenossen, über ehemalige Studienkollegen, über Figuren aus der Politik. Man spottet über eigene körperliche Mängel, über gesundheitliche Probleme und in Wirklichkeit ist unsereins im Innern todernst, weil man Angst hat vor den Unwägbarkeiten.

»Am schlimmsten ist es«, führte mein Gesprächspartner aus, »dass uns keiner mehr ernst nimmt, uns kaum noch einer zuhört. Und den Gesichtern der wenigen Zuhörer glaubt man die Gedanken, die ihnen durch den Kopf gehen, ablesen zu können: ›Was erzählt der nun wieder, der hat doch keine Ahnung.‹«

So klagte Kurt damals, und ich merkte, dass er ähnlich niedergeschlagen und deprimiert war wie ich und dass er ein einsamer, behinderter alter Mann war, der diesen Zustand auch deutlich erkannte.

V

Es ist nun nicht so, dass ich seinerzeit, als ich Kurt besuchte, überwiegend geschwiegen und ihm allein das Feld überlassen hätte. Auch ich erzählte von Irritationen, die bei mir dadurch entstünden, dass die Lebensweisheiten, die man hätte beisteuern können, häufig nicht gefragt, sogar unerwünscht waren. Von Berufs wegen war man es doch gewohnt, dass die interessierten Zuhöreraugen auf uns gerichtet waren, in glücklichen Momenten, so meinte man festgestellt zu haben, sogar an unseren Lippen hingen.

Und ich steuerte ein kurz zurückliegendes Erlebnis bei: In einem Schnellimbiss, so mein mit viel Selbstironie vorgetragener Bericht, habe eine Tischnachbarin, in meinen Augen keine Schönheit, mit einer derart aufreizenden Gleichgültigkeit über mich hinweg geschaut, dass ich – empörend sei das gewesen.

Wir lachten beide. »Aber lassen wir das jeweilige Gejammere über unsere armseligen Lebenssituationen, die überraschend ähnlich sind: Deine Frau hat sich von Dir vor ein paar Jahren getrennt, meine Lebenspartnerin hat unsere Verbindung kürzlich gekappt und lebt ein paar Häuser weiter ihr eigenes Leben. Das besonders Kränkende daran ist für mich die Tatsache, dass sie gehandicapt ist und sie eigentlich mit mir zusammen wirtschaftlich wesentlich besser dastünde und ihr die Erziehung und Ausbildung ihrer Tochter leichter fiele.«

Ich wechselte das Thema.

»Reden wir über andere Dinge. Was sagst du zu meiner schriftstellerischen Tätigkeit?«

Eine dumme Frage, dachte ich.

Ich hatte Kurt – eine gewisse Eitelkeit liegt mir nicht fern – kürzlich, in einem Moment der Schwäche, der Bereitschaft mich zu offenbaren, meine literarische Schöpfung ausgeliehen, ein Buch, hübsch gebunden, neunzig Seiten stark.

»Eine dumme Frage«, sagte ich, noch bevor er reagieren konnte. »Wie sollst du darauf antworten als höflicher Mensch. Eigentlich bleibt dir nur: ›Ich habe es gern gelesen; oder aber: Das, was du geschrieben hast, hat mich wenig interessiert.‹ Ein Facebookbeitrag: Gefällt mir oder gefällt mir nicht, wäre die angemessene Antwort.«

»Ich habe dein Buch gerne und mit Interesse gelesen«, antwortete Kurt.

Nur Höflichkeit?

Er versuchte seine Aussage zu begründen: »Es werden Dinge angesprochen – man will doch Spuren hinterlassen – die mich auch beschäftigen. Folglich liest man weiter, denn man ist neugierig auf die Lösungsangebote, man fiebert dem Ende, dem Schluss entgegen. Die Gefühle und die Gedanken des Schreibers, häufig durch den Mund des Protagonisten ausgesprochen, interessieren den Leser, mich natürlich auch.«

»Gerade, weil das so ist und weil auch die Autoren dies wissen, halten sich die Klugen, solche mit Schamgefühl, ein wenig zurück. Oder manche haben so eine Formulierungsqualität, dass sie auch eigentlich Peinliches erträglich darstellen können. Die ganz dummen Autoren erkennt man genau an dieser Stelle, denke ich.

Bei Schauspielern«, fuhr ich fort, »kann man Vergleichbares beobachten. Die sehr Beschränkten kennen auf der Bühne oder vor der Kamera keine Scham; mir liegen die anderen Darsteller, die Zurückhaltenden, eindeutig mehr.«

»Ich kann ohnehin nur meinen persönlichen Geschmack angeben«, stimmte mir Kurt bei. »Ich kann erwähnen, dass ich die Geschichte, die beschrieben wird, spannend finde, sodass ich zum Weiterlesen animiert werde. Ganz subjektiv kann ich fehlende oder unrealistische Dialoge bemängeln, Dinge, wie den häufigen Gebrauch des Konjunktivs und der indirekten Rede, an Stelle eines durchdachten feinsinnigen Dialogs, Handwerkliches also.«

Und er fuhr fort:

»Beim Bewerten eines Film ist man, meine ich, noch viel mehr eingeschränkt auf einfachste Aussagen: Er gefällt mir, weil er stimmungsvoll ist durch die Musik, durch schöne Bilder, durch interessante Dialoge. Oder er ist spannend, und deshalb finde ich ihn gut oder im Vergleich zu vielen anderen Filmen, die man bereits gesehen hat, sogar besser.«

»Deshalb ist es unverzichtbar«, fügte ich hinzu, »dass ein Bewertender auf eine reichliche Menge an Gesehenem bzw. an Gelesenem zum Vergleich zurückgreifen kann, damit sein Urteil über Oberflächliches hinaus geht.«

So redeten wir, während wir uns mühten, allgemein gültige Regeln aufzustellen, die bei der Bewertung von Lektüre nutzbar sein könnten; genauer, Kriterien im Text zu finden und zu nennen, die uns, die Leser, dann zu einem uneingeschränkten Lob des Gelesenen verleiten.

Gibt es objektive Kriterien? Man zweifelt!

Man sucht nach Beispielen, die eigenes Denken bestätigen.

Das Passende ist oft nah!

»Du kennst vielleicht die Erzählung »Ein Glück«. Thomas Mann, der Autor, hat, für mich unübertrefflich, die Gedanken, die Gefühle, die Situation seiner Protagonistin, Baronin Anna, deutlich gemacht. Man versteht das Verhalten seiner Heldin, man vergleicht ihre Gedankengänge mit den eigenen. Man empfindet Furcht und Mitleid, wie Lessing es seinerzeit forderte. Der Text wird dadurch so spannend, dass man das Weiterlesen kaum unterbrechen mag.

Und was antwortet man dann auf Nachfragen? ›Der Text, die Erzählung gefällt mir‹.«

»Du meinst also«, entgegnete Kurt, »selbst bei so einer begeisterten Zustimmung kann man kaum mehr als die gängige Formulierung ›Gefällt mir‹, erwarten.

Mag sein!
Aber ich kann doch vermerken, dass mich an vielen Stellen die spritzigen Dialoge erfreuen, mir in der »Blechtrommel« z.b. die Beschreibung von Tätigkeiten mit dem Partizip Präsens Unbehagen bereitet, dass mich, wie ich vorhin schon erwähnte, der häufige Gebrauch des Konjunktiv stört, ebenso wie ein eingeschränkter Wortschatz.«

»Ja, ich meine, dass solcher Art handfeste Kritik angebracht sein kann«, entgegnete ich. »Mir selbst z.b. gelingt es selten, muss ich bekennen, in geistreichen Dialogen zu meiner Zufriedenheit Aussagen, die meine Meinung wiedergeben zu tätigen. Aus der Sicht des nachdenkenden Betrachters essayhaft Sachverhalte, Gedanken, Dinge zu schildern, fällt mir weniger schwer. Ich bewundere deshalb Autoren, die mit leichter Hand interessante Zwiegespräche formulieren. Folglich würde ich sehr subjektiv und voraussehbar urteilen.«

»Solltest Du nicht vielleicht bei deiner beklagten Schwäche ein Opfer deines Berufes sein, deines Studienfaches? In deinem Fachgebiet Mathematik wird nicht mit leichter Hand, spielerisch, gestritten; da geht es ernsthafter, gewissenhafter, manchmal auch langweiliger, voran.«

»Mag sein«, sagte ich und gestand mir ein, dass meine Möglichkeiten beschränkt waren.

Am frühen Abend trennten wir uns.

April desselben Jahres

Liebe Kollegin,
man meint, die letzte schriftliche Äußerung von mir liegt eine Ewigkeit zurück, denn die Zwischenzeit, objektiv gar nicht mal so lang, war angefüllt mit interessanten Erkenntnissen. Sie betreffen überwiegend unseren Literaturkreis und seine Mitglieder. Im Laufe der Zeit hat man sie nämlich genauer kennengelernt.Aber davon lieber ein andermal. Nur soviel:

Mittlerweile, Du wirst überrascht sein, trifft sich die Gruppe aus freien Stücken bisweilen zweimal in der Woche, denn unsere Begeisterung für die Sache hat offensichtlich zugenommen. In diesem Zusammenhang habe ich mir die Frage gestellt, welche häusliche Beschäftigung mich wirklich so sehr interessiert, dass ich, sofern ich sie ausübe, kaum unterbrechen mag. Es bleibt nach Prüfung (streng, versteht sich) wenig übrig.

Drei Tätigkeiten sind es, die ich besonders gerne ausübe, und allen ist gemeinsam, dass die Neugierde auf das Ergebnis für den nötigen Antrieb sorgt; dies läuft bei den meisten Menschen, auch bei anderen Tätigkeiten, wohl kaum anders. Da ist jene, die man gemeinhin Basteln nennt. Diese Zufriedenheit, die man verspürt, wenn sich alles wunschgemäß, ordnungsgemäß zum Endergebnis fügt, kann süchtig machen. Eine ähnliche Zufriedenheit stellt sich ein beim Lösen einer mathematischen oder physikalischen Aufgabe. Wenn man sich beim Bearbeiten z.b. einer schönen Analysisaufgabe mit großen Schritten einem vernünftigen Ziel nähert, ist die Anspannung, aber auch die Freude riesengroß. Wer mag in so einem Moment unterbrechen? Allerdings, vor meinen zunehmend unübersehbaren handwerklichen Mängeln hierbei, Rechenfehlern, verschließe ich die Augen.

Auch das Abfassen von Texten über irgendeinen Sachverhalt, irgendeinen Streitpunkt aus Politik, Gesellschaft, Sport kann überaus reizvoll, geradezu spannend werden.

Liebe Ulla, Du hast Dich früher bereits einmal ähnlich geäußert, ich will Deine damaligen Ausführungen gerne bestätigen.

Aber ähnliche Zufriedenheit wie bei den oben genannten Beschäftigungen? Eventuell auch Glücksgefühle? Wenn nun der Text dem kritischen Verfasser nicht gefällt? Was dann? Denn das eindeutige Ergebnis oder die eindeutige, richtige Lösung ist bei dieser Tätigkeit leider nicht erkennbar. Ein schwieriger Fall!

Herzlichst …

VI

Nun zurück zu unserer neunköpfigen Enthusiastengemeinschaft. Denn Enthusiasten waren wir alle, hatte doch das Gedenken an den Dichter Arno Schmidt uns am 18. Januar zusammengeführt und nicht, ganz profan, der reine Zufall. Nun, durch unser lobenswertes Streben nach höheren Zielen – kreative Tätigkeiten hatten wir uns vorgenommen – konnte man davon ausgehen, dass sich diese Begeisterung für Literatur bei jedem von uns noch vergrößert, wenn nicht gar vervielfacht hatte.

Aber trotz aller idealistischer Ziele – manches entwickelt sich von selbst, wenn solche vorhanden sind – man braucht auch jemand, der bei Stockungen den Weg weist; einen Anführer! Diese Rolle füllte David aus, den wir anderen Dave nennen durften. Der Mann, der sein Haupthaar zu einem Schwänzchen zusammen gebunden hatte, gab die Richtung vor. Er war dafür sehr prädestiniert, denn er hatte vor seiner Pensionierung an einer Stadtteilschule die Fächer Deutsch, Geschichte, Politik, Erdkunde unterrichtet und als Fachvertreter für Deutsch die zu lesende Lektüre gewichtig mitbestimmt. Mutig, wie es seine Art war, hatte er sogar einmal für ein Jahr – die benötigte Fachkraft fehlte – den Physikunterricht in einer 8. Klasse übernommen, erzählte er; er sei ein Pflichtmensch.

Er war eloquent, sehr selbstbewusst und eitel; er habe, das bekundete er mehrfach, ein Gespür für die Ungerechtigkeiten dieser Welt.

Wie gelingt es dem einen oder anderen Zeitgenossen in einer Menschengruppe, alle gleichberechtigt von Haus aus, die Rolle des Anführers sich zu erarbeiten. Mit Kärrnerarbeit ist der Weg dorthin verbunden. Das ist sicher!

Es reicht nicht, mit so mancher Glückwunschkarte vom

Gruppenmitglied zum nächsten zu marschieren, um Unterschriften zu erbitten oder Gelder mit vorgefertigten Listen einzusammeln. Nein, mehr ist vonnöten!

Der Ausgewählte muss überwiegend gute Laune verbreiten, freundlich, ja herzlich sollte er sein, mit einem immer offenen Ohr für alle Probleme des Alltags, seien sie privater, beruflicher, psychologischer Art. Dies und vieles mehr sollte selbstverständlich sein.

Dave, soviel ist sicher, entsprach dieser Rollenbeschreibung. Auch das eine Ehepaar, Barbara und Peter, war im Schuldienst tätig gewesen; sie hatte die Fächer Erdkunde und Kunst, er Deutsch und Gemeinschaftskunde unterrichtet. Beide hatten an demselben Gymnasium gearbeitet. Sie hätten sich dort vor einundzwanzig Jahren, informierten sie uns, kennengelernt und bald darauf geheiratet. Ihre Ehe sei kinderlos geblieben. Jetzt, im vergangenen Herbst seien sie gemeinsam in den Ruhestand getreten. Wegen chronischer Rückenbeschwerden, brüstete sich Barbara, sie sei nämlich einige Jahre jünger als ihr Mann, habe sie erreicht, dem Schuldienst, dem ungeliebten, vorzeitig Adieu sagen zu können.

Was ist über dieses Lehrerehepaar noch zu berichten?

Barbara und Peter, beide zweifellos Gutmenschen nach moderner Terminologie, zeichnete aus, dass ihre Aussagen bei irgendwelchen Bewertungsfragen, über Gebühr häufig, passgenau übereinstimmten. Oder man konnte in vielen Fällen, auf ähnliche Weise wie einst in der Mathematik, nämlich durch Spiegeln, Verschieben oder Drehen deren Kongruenz, deren Deckungsgleichheit, ohne große Schwierigkeiten nachweisen.

Erstaunlich ähnlich waren auch ihre Blicke, mit denen sie uns misstrauisch beäugten, wenn wir, Kurt und ich, die Naturwissenschaftler, ein Urteil über Geschriebenes äußerten.

Schließlich war da noch Waltraud, das zweite, nicht unattraktive weibliche Mitglied unserer Gruppe!

Auch sie war in ihrem Berufsleben im Schuldienst tätig gewesen. Sie hatte zuletzt an einer Hauptschule unterrichtet und ihre Hauptfächer waren Kunst und Werken. Sie war natürlich aber auch in anderen Fächern eingesetzt worden.

Vor etwa zwei Jahrzehnten, hatte sie erzählt als wir uns am Anfang kennenlernten, habe sie, als seinerzeit Kunsterzieher an den Gymnasien benötigt wurden, auch einige Jahre an einem solchen das Fach Kunst unterrichtet. Sie war aber speziell von ihren dortigen weiblichen Kunstkollegen heftig gemobbt worden, sodass sie nicht unglücklich war, als sie wieder zurück an eine Hauptschule wechseln musste. Dort habe sie sich die letzten Jahre sehr wohl gefühlt, trotzdem sich aber wegen psychischer Probleme vorzeitig pensionieren lassen. Ich vermutete, dass sie alkoholabhängig war; sehr oft roch sie bei unseren abendlichen Treffen intensiv nach Schnaps, obwohl sie versuchte, mit Pfefferminzbonbons diesen typischen Geruch zu überdecken.

Sie war alleinstehend. Innerhalb kurzer Zeit war sie unserem Anführer mit Haut und Haar verfallen; sie hing an seinen redegewandten Lippen. Sie beteiligte sich lebhaft an unseren Diskussionen und ihre Beiträge wurden von unserem Vorsitzenden gelobt; besonders dann, wenn psychologisches Einfühlungsvermögen, Sensibilität gefragt waren, tat sie sich hervor.

Von den restlichen drei männlichen Mitgliedern unserer Gruppe waren zwei in ihrem Berufsleben Mitarbeiter des öffentlichen Dienstes gewesen und der dritte outete sich als Zahnarzt im Ruhestand.

Die beiden öffentlich Bediensteten, die durch ihr Interesse an Arno Schmidt dazu beigetragen hatten, dass sich unsere Gruppe zusammengefunden hatte, blieben recht bald aus unterschiedlichen, nicht klar geäußerten Gründen, unseren Treffen fern, sodass neben Kurt und meiner Person nur noch der Zahnarzt, er hieß Hans, übrig blieb.

Hans beteiligte sich selten an unseren Erörterungen. Er kam

jedoch zuverlässig zu unseren Veranstaltungen, hatte meistens seine Lesepflichten erfüllt und war überwiegend stumm.

Nur manchmal war sein Redefluss nicht zu stoppen: Er war allzeit bereit, gefragt oder ungefragt, bisweilen unpassend, lange Vorträge zu halten über die Widrigkeiten des Arztberufes, nämlich die Arbeitsbelastung und die nicht angemessene Bezahlung; alles Dinge, von denen die breite Öffentlichkeit keine Ahnung habe. Manch Wissenswertes erfuhr man bei solchen Ansprachen, die zu stoppen, der dezente Spott, von dem zurückhaltenden Kurt in Nebensätzen untergebracht, häufig nicht ausreichte.

Sieben Enthusiasten waren also übrig geblieben von der Gruppe , die anfänglich nur zusammen gekommen war, um Arno Schmidt an der Stelle, wo einst sein Geburtshaus stand, mit einem Glas Schnaps zu ehren.

Nun plötzlich war bei allen die Bereitschaft entstanden, darüber hinaus sich für einige Stunden in der Woche zu treffen, um in dieser Zeit und eventuell sogar noch länger, die ganze Kraft der Literatur zu widmen.

Man kann darüber rätseln, was wohl die Ursache war dafür. War es der Spiritus loci?

Wohl kaum, fand doch die Veranstaltung einige Kilometer weiter westlich in einem schlichten, nüchtern mit Tisch und Stühlen ausgestatteten Raum des Stadtteilarchivs statt.

Kreatives Schreiben – Dichten! Noch war es nicht soweit, hatten wir uns doch zunächst gemeinsam entschlossen, die tiefsten Geheimnisse von ausgewählter Lektüre an das Tageslicht zu zerren. Wir hatten uns, nach Mehrheitsbeschluss, entschieden, den Autor Thomas Mann zu beehren und seinen Roman»Lotte in Weimar« zu lesen und zu besprechen.

Wir wollten ihn in festgelegten Etappen durcharbeiten und uns bei unseren Zusammenkünften mit dem Gelesenen beschäftigen und uns intensiv austauschen.

Das Eigene, das Kreative, sollte zunächst zurückstehen.

Mai desselben Jahres

Liebe Kollegin,

nachdem ich Dir, liebe Ulla, kürzlich meine übrig gebliebenen sechs Genossen vorgestellt habe – meinen ausgesprochen subjektiven Blick hast Du hoffentlich beim Lesen berücksichtigt – bist Du nun natürlich an Weiterem interessiert. Du wolltest kürzlich in Deinem letzten Brief wissen, womit wir uns bei unseren abendlichen Zusammenkünften beschäftigen. Nun, kreativ sind wir noch nicht geworden. Wir haben nämlich mehrheitlich entschieden, uns zunächst mit ausgewählter Lektüre zu beschäftigen. Das Weitere lief dann so ab: Nachdem wir uns nicht einig wurden, haben wir, Kurt und ich, durchgedrückt, den Mannschen Roman »Lotte in Weimar« portionsweise zu lesen und bei unseren Treffen darüber zu reden. Dies, um Deine Frage zu beantworten.

Hans, der Zahnarzt, und schließlich auch Waltraud hatten sich auf unsere Seite geschlagen, sodass wir das Lehrerehepaar und unseren Boss, sie favorisierten »Liebesbrand« von Feridun Zaimoglu als Lektüre, überstimmen konnten.

Wir legen dann jeweils bei unseren Treffen fest, wie weit (welche Kapitel) wir bis zur nächsten Zusammenkunft mindestens gelesen haben wollen.

Bislang unterhalten wir uns aber auch oft eingangs und gegen Ende, bei einer Kaffeepause, über Tagespolitik. Merkwürdige Ansichten, aus meiner Sicht, hört man dann bei solchen Unterredungen und in Windeseile sitzt man, politisch gesehen, in einer ganz rechten Ecke.

Auch Thomas Mann mitsamt seiner »Lotte« kommt in unserer Gruppe bei einigen von uns sehr schlecht weg, ganz besonders bei den Vertretern des Faches Deutsch. Er sei ein Großbürger; entsprechend sind ihre Urteile bei seiner Bewertung und der seines Werkes. Häufig kann man geradezu voraussagen, nicht nur in diesem Fall, dass ungewöhnliches Können oder kluge und durchdachte Aussagen eines Menschen zur Folge haben, dass jener besonders kritisch, in vielen Fällen sogar von vornherein abwertend, beurteilt wird.

Dann beschleicht mich manchmal ein Verdacht: Sollten vielleicht blanker Neid oder Gefühle der Unterlegenheit die schreibende Hand oder die tippenden Finger des Kritikers lenken.

Herzlichst ...

VII

Wie waren wir eigentlich auf diese merkwürdige, alberne Idee gekommen? Wer von uns hatte eigentlich zuerst davon gesprochen? Waren wir durch die Diskussionen über Sterbehilfe oder durch die Berichte in der Presse über den Selbstmord des »Tschick«- Autors Wolfgang Herrndorf auf dieses Thema gekommen? Ich erinnere mich nicht mehr.

Jedenfalls, einer von uns sieben hatte vorgeschlagen, wir sollten uns überlegen, auf welche Weise man seinem Leben ein Ende bereiten könne. Ungewöhnlich sollte die Methode sein, denn schließlich sei dieser Vorschlag ja auch ungewöhnlich. Dazu:

Ein jeder von uns sollte seine Überlegungen niederschreiben, Protagonist dieses zu beschreibenden Suizids sollte eine fiktive Person sein, der Besitz einer Schusswaffe – amerikanische Verhältnisse – sollte vorausgesetzt sein.

Das sei die Aufgabe; anschließend sollten die Texte verglichen und bewertet werden.

Schließlich sollte ja der Titel unseres Volkshochschulkurses nicht in Vergessenheit geraten: Kreatives Schreiben – Dichten!

Bisher hatten wir uns darauf beschränkt, gemeinsam gelesene Lektüre zu besprechen, auf Besonderheiten zu untersuchen zu interpretieren. Wir hatten unseren ausgewählten Roman »Lotte in Weimar« in Etappen gelesen und selbstverständlich auch unterschiedlich bewertet. Die beiden Lehrer, Barbara und Peter, waren sich einig, erwartungsgemäß. Somit tätigten sie, zusammen ein germanistisches Schwergewicht, machtvolle Aussagen: Der Roman, er schildert den historisch belegten Besuch von Charlotte Kestner in Weimar im Jahre 1816, jener Lotte, die vom jungen Goethe einst 1770 im »Werther« verewigt wurde; er sei langweilig, so Peter.

Ganz schrecklich sei er, so äußerte sich Barbara, wobei sie besonders auf die Sprache der im Roman in einem langen Kapitel erzählenden Adele Schopenhauer abzielte. Nach meinem Sprachgefühl und Textverständnis war diese historische Figur so beschrieben und angelegt, dass sie insbesondere durch ihre Sprache komisch wirken sollte. Mich jedenfalls hat diese Frau Schopenhauer und auch das Hotelfaktotum Mager außerordentlich amüsiert.

Wie lässt sich erklären, dass manche Leser den Witz aus manchen Texten nicht herauslesen können? Ist es allein die unvollkommene Lesefähigkeit, die dem Genuss im Wege steht? Denn Dave, Deutschlehrer immerhin, war ein so erbarmungswürdiger Vorleser – er wurde als solcher nur selten herangezogen – sodass das Zuhören eher schmerzte als vergnügte; auch Peter beherrschte dieses sein Handwerk nur unvollkommen.

Könnte es noch andere Gründe geben für jene Humorlosigkeit? Sollte, kam mir in den Sinn, der immerwährende Klassenkampf oder der Kampf um soziale Gerechtigkeit, was immer das sein könnte, beides zweifellos ernste Angelegenheiten, mit dieser Ernsthaftigkeit auf die Kämpfer abfärben?

Mich jedenfalls, mit meiner Meinung auf verlorenem Posten gegenüber unseren Schwergewichten, begeisterte der ausgewählte Lesestoff, mehr noch als damals vor etwa zwei Jahrzehnten, als ich ihn mir eher pflichtschuldig verordnet hatte. Mutig und pfiffig empfand ich die Idee des Autors, einen Teil des Weimarer Kulturlebens im Herbst des Jahres 1816 mit Hilfe von fünf, sechs Dialogen, einem inneren Dialog und der Beschreibung eines geselligen Zusammentreffens bei einem Essen im Hause Goethes zu schildern.

»Der Roman hat mir sehr gut gefallen«, das war meine Bewertung, fürwahr die kaum begründete Aussage eines Federgewichtlers; ein wenig schämte ich mich.

Währenddessen erörterten Dave, Peter, Barbara, auch Waltraud tat sich hervor, ob es dem Autor, dessen Großbürgertum sich erkennbar auf die Qualität seines Werkes auswirkte, gelungen sei, den Protagonisten Goethe historisch korrekt, glaubwürdig, authentisch zu schildern.

Muss man so etwas verlangen von einem Roman?

Waltraud hatte dann noch den Wunsch geäußert, Kafka einen Besuch abzustatten.

Wir wählten, Kurt hatte dies vorgeschlagen, »Schakale und Araber«. Der Besuch war erwartungsgemäß nur recht kurz, leider; es gelang uns nicht, diese knappe Erzählung überzeugend zu deuten. Was mag dem Autor durch den Kopf gegangen sein? Die hassenden Schakale, der Peitschen schwingende Araber, der Herr aus dem Norden – geheimnisvoll allesamt in einer rätselhaften Geschichte.

Mehr als rätselhaft war für mich auch, was ich anschließend meinte zu beobachten: Trotz dieser Unergründlichkeiten schien Hans, der Zahnarzt, beeindruckt zu sein.

VIII

Einigen Mitgliedern unseres Volkshochschulkurses, insbesondere Dave und Peter, war deutlich anzusehen, dass sie nun endlich, wenn schon nicht das Dichten, zumindest aber die kreative Arbeit aufnehmen wollten. Die Aufgabe war bekannt: Die Durchführung eines Suizids sollte beschrieben werden. Die Überschrift seines Textes, hatten wir vereinbart, sollte der jeweilige Autor selbst formulieren. Über die Woche präsentierten wir uns gegenseitig unsere Ergebnisse.

Dave, unser Anführer, hatte nichts zu Papier gebracht; er habe nicht die Zeit gefunden.

Barbara und Peter hatten gemeinsam einen Aufsatz verfasst, derart, dass sie Gedanken einer außenstehenden, beobachtenden Person schilderten, die vornehmlich über das Versagen und die Schuld der Gesellschaft schwadronierte, sofern sie so eine Tat eines Menschen aus ihrer Mitte nicht verhindern könne. Eigentlich hatten die beiden das Thema total verfehlt, denn sie konnten die Rolle des Soziologen nie abstreifen; sogar statistisches Material hatten sie aufgeboten.

Die übrigen drei, Kurt, Waltraud und ich, wir ließen mehr oder weniger geschickt, sprachlich unterschiedlich, einen außenstehenden Beobachter erzählen: Er schildert, wie der jeweilige Protagonist die Tat vorbereitete und wie er sie durchführen wollte. Kurts Erzähler beschrieb zusätzlich ausführlich die Gedanken seines fiktiven Selbstmörders in den einsamen Stunden vor der Tat; Waltrauds Beobachter, das wurde bemängelt, hatte sich bei der Begleitung ihres Helden – Handelnder wie Betrachter erstaunlicherweise männlich – an einer Stelle, beim zeitlichen Ablauf der Handlung, verheddert.Und in meiner Erzählung, die ansonsten den beiden anderen Texten ähnelte, hatten einige aus unserer Gruppe einen logischen Fehler ausgemacht, den ich energisch bestritt.

Hans, der Zahnarzt, hatte unsere Aufgabe ganz anders angepackt: In seinem Text war der Handelnde gleichzeitig der Betrachtende, also der Kommentator seines eigenen Handelns. Wir drei, die wir uns gemeinsam auf andere Weise an der gestellten Aufgabe versucht hatten, lobten seine Erzählung und waren bereit, bei einer Bewertung, seiner Schöpfung die Krone aufzusetzen.

Das Ehepaar und Dave waren nicht dieser Meinung. Sie seien unzufrieden. Wortreich äußerten Barbara und Peter ihr Unbehagen, weil, so sprachen sie, neben anderer Mängel, der gesellschaftliche Bezug bei so einer außergewöhnlichen Tat aus ihrer Sicht gänzlich fehlte.

Dave hingegen enthielt sich einer Meinung. Der Grund war, vermutete ich, dass er – sein Beitrag fehlte ja – zu wenig nachgedacht hatte über die gestellte Aufgabe. Er beschränkte sich darauf, bedeutungsschwer, wie es seine Art war, seinen edlen, beschwänzten Kopf, einem Metronom ähnlich, rhythmisch seitlich nach links und rechts zu neigen und auf Wortbeiträge zu verzichten.

Ehrlicherweise soll erwähnt werden, dass wir, Waltraud, Kurt, meine Person und Hans nach unserer letzten Zusammenkunft noch eine Kneipe aufgesucht hatten und die gestellte Aufgabe bei einem Bier intensiv diskutiert hatten.

Hans, der Zahnarzt, hatte geschwiegen, aufmerksam zugehört und, wie sich nun herausstellte, vieles von dem, was angesprochen wurde, in seinen Aufsatz eingebaut. Selbst den Titel hatte er aus dem Kneipengespräch übernommen: »Zum Tode ganz reif«, war sein Text überschrieben.

Wie war er vorgegangen in seinem trotzdem lobenswerten Beitrag?

Hans ließ im Unterschied zu den restlichen Kreativen unserer

Gruppe, welche die Handlung als außenstehende Beobachter geschildert hatten, seinen Protagonisten, er gab ihm den Namen Georg, bei der Beschreibung der Vorbereitung und Ausführung seines Suizids selbst zu Wort kommen. Physiker würden die einen als ruhende, unseren Hans, durch den Mund von Georg, als mitbewegten Beobachter kennzeichnen.

In einer Form, die einem Tagebuch ähnelte, beschreibt Georg sein Tun, letztlich auch sein zielgerichtetes Handeln bis zum angestrebten Ende. Zusätzlich hatte Hans sich eine Besonderheit ausgedacht: Sein »Alter Ego«, Georg, setzt alles daran, seine geplante Selbsttötung in seiner Beschreibung so darzustellen, dass der Hergang für die untersuchende und um Aufklärung bemühte Polizei sich ungewöhnlich mysteriös darstellt. Denn seine Darstellung sollte nicht nur die Möglichkeit einer Selbsttötung anbieten, sondern sie sollte auch auf eine eventuelle Tötung durch eine andere Person hinweisen.

Kurz: Beides, Selbstmord und Mord sollte nicht auszuschließen sein.

Hans, durch den Mund von Georg, begründete seinen Einbau des Nicht-Eindeutigen, des Spielerischen: Der schwierige, endgültige Schritt könnte dem Zaudernden unter solchen Umständen leichter fallen.

Kurt bestätigte: Auch Heinrich von Kleist und seine Todesgenossin Henriette Vogel seien in den Stunden vor ihrem Selbstmord 1811 am Kleinen Wannsee ungewöhnlich heiter, geradezu albern gewesen; das Sterben fiele wohl in diesem Zustand vielleicht ein wenig leichter, fügte er hinzu.

Darüber hinaus erfuhr man im Aufsatz unseres Gruppenmitglieds durch den Mund seines Erzählers Georg die weiteren Details, die ich hier nur verkürzt wiedergebe: Er, Georg, werde sich, eingenäht in einen Jutesack, auf das Geländer einer Brücke setzen und sich in den Kopf schießen. Sein Körper und die Waffe würden dann hinunter ins Wasser fallen. Die

Naht am Jutesack, die er selbst anbringen wollte, sollte jedoch an einer Stelle – für den späteren Betrachter erklärbar durch Wassereinwirkung – unvollständig sein, sodass er seinen Arm zur Handhabung der Waffe benutzen könnte. Auf diese Weise sollte ein Verbrechen vorgetäuscht werden. Er hoffe, schrieb er in seinem Text, dass etwaige Ermittler nicht nur Selbstmord, sondern auch Fremdverschulden vermuten würden.

Und in seiner Detailversessenheit hatte Hans/Georg sogar eine Brücke in der Nähe des Stadtparksees aufgetan, die wegen des geringen Verkehrs für sein Vorhaben geeignet sei.

Juni desselben Jahres
Liebe Kollegin,
erneut will ich Dir, liebe Ulla, von den verdienstvollen Bemühungen unserer Gruppe berichten, kreativ, wenn nicht sogar dichtend, tätig zu werden. Unser Mitglied Hans, von Haus aus recht schweigsam, Zahnarzt von Beruf, hat einen Beitrag getätigt, den wir alle ihm nicht zugetraut hatten.

Er hat die besagte Aufgabe, unsere Schnapsidee, bearbeitet, indem er unsere Diskussionsbeiträge aus der Kneipe geschickt zusammenfasste und sehr detailliert, auch sehr logisch die Durchführung eines Suizids einer fiktiven Person schilderte. Sogar den Vorschlag für den Titel seiner Geschichte, »Zum Tode ganz reif«, mein Freund Kurt hatte ihn beigesteuert, hat er sich gemerkt und in seinem Text verwendet.

Kurt, dies zu Deiner Information, weiß nämlich recht gut über Heinrich von Kleist Bescheid. Er hatte gewusst, dass jener, der gemeinsam mit Henriette Vogel, einer Freundin, am Kleinen Wannsee im Jahr 1811 aus dem Leben schied, noch einige Briefe abgeschickt hatte, u.a. an seine Halbschwester Ulrike und auch an eine weitere Freundin namens Marie von Kleist.

In einem dieser Briefe an Marie, dies hatte Kurt auch gewusst, habe Kleist die Formulierung, er sei »zum Tode ganz reif geworden«, verwendet.

Insgesamt hat unser Hans die vielen Gedankensplitter gekonnt gebündelt, auch viel Eigenes hineingesteckt. Die Verwendung von fremdem Gedankengut – ein Plagiat – unser Zahnarzt, denke ich, hat trotzdem ein dickes Lob verdient. Bist Du nicht auch dieser Meinung?

Herzlichst ...

IX

Schließlich, bei unserer nächsten Zusammenkunft, waren wir alle des Lobes voll, nachdem Waltraud den Beitrag von Hans, unserem Gruppenmitglied, noch einmal vorgelesen hatte; selbst Dave, der sich schwer tat, Erwähnenswertes oder sogar Lobenswertes bei den durchschnittlichen Mitmenschen seines Umfeldes zu entdecken, äußerte Anerkennung, wohl auch deswegen, weil er als kreativer Schreiber so gänzlich versagt hatte.

Unser Ehepaar, Peter und Barbara, waren mittlerweile, nachdem sie sich, was sie betonten, am vertrauten, heimischen Schreibtisch ausgetauscht hätten – speziell über den Text von Hans – ganz besonders angetan von seiner Idee, die Möglichkeit einer Mordtat ins Spiel zu bringen. Konnte doch auf diese Weise, deuteten sie wortreich an, der Begriff der Schuld eingebaut werden und eventuell über Umwege, darüber müsse noch nachgedacht werden, sogar die Gesellschaft und deren schuldhaftes Verhalten dingfest gemacht werden.

Schuld, Angst, wenigstens einer dieser beiden vielschichtigen Begriffe sollte aus ihrer Sicht an einer Stelle im Text auftauchen. Das war bereits deutlich geworden.

Auch Waltraud, unsere Vorleserin, war mit dem angebotenen Text sehr zufrieden, was sie auch nachdrücklich aussprach.

Überhaupt Waltraud, die Attraktive in unserer Runde!

Sie war eine Frau, bei der vor einigen Jahrzehnten vermutlich die in der Sonne sitzenden Kommilitonen anerkennend pfiffen, wenn sie auf dem Wege zu einer Vorlesung im pädagogischen Institut an ihnen vorüber eilte, der so mancher Student mit den Augen folgte, wenn sie auf schlanken Beinen vom Philosophenturm zum Audimax schritt. Auch Jahre später wird sie eine Referendarin abgegeben haben, die manchem ehemals frühreifen Schüler in den Sinn kommt, wenn er sich heute an

seine Schulzeit, damals in der Gesamtschule, heute Stadtteilschule, erinnert.

Und heutzutage?
Im Laufe der Zeit begann auch ich sie auf Grund ihrer äußeren Erscheinung mit anderen Augen zu betrachten. In langen,
intensiven, feinsinnig geführten Gesprächen kamen wir uns
näher.

Was waren die Themen in unseren Gruppenerörterungen?
Eigentlich war einziges Gesprächsthema in unserer Runde
die Erledigung der uns selbst gestellten Aufgabe in der Be-
arbeitung des Mitglieds Hans:
Sollte der Handelnde, wie beschrieben, den Hergang derart
offen lassen, dass auch ein Mordfall möglich sein könnte? Ist
es legitim, sich mit fremden Federn zu schmücken und Gedanken, die von anderen ausgesprochen wurden, in seine eigene
Ausarbeitung einzubauen, war Hans ein Plagiator?

Die erste Frage wurde nach kurzer Diskussion von der Mehr-
heit mit einem »ja« beantwortet. Es sei erlaubt, weil dem Akteur
bei dieser Vorgehensweise, so vermuteten wir, die Durchführung seiner Tat leichter fallen würde. Psychologie sei hier im
Spiel, bemerkte Dave.

Zusätzlich, das wurde ebenfalls vermutet, würde die Beschreibung eines solchen Handlungsablaufs die Spannung
beim Lesen erhöhen.

War Hans ein Plagiator? Die zweite Frage.
Die Definition des Begriffes «Plagiat» spricht von Diebstahl
des geistigen Eigentums eines anderen Menschen. Hat Hans
uns, insbesondere Waltraud, Kurt und mir, geistiges Eigentum
gestohlen?

Um diese Frage zu beantworten, entwickelte sich eine weit-
schweifige, dialektisch geführte Diskussion.

In Gruppen, wie der unsrigen, widmet man sich gerne und
mit viel Ausdauer solchen oder ähnlichen wichtigen Fragen.

Denn jedermann kann sehr Kluges beitragen, jeder hat zur Sache etwas zu sagen. Ein Unentschieden ist in der Regel das Ergebnis solcher Art langandauernder Erörterung. So war es auch hier in dem vorliegenden Fall. Sind wir nicht allesamt Plagiatoren, wurde gefragt. Greifen wir nicht beständig auf Gelerntes zurück, auf Dinge, die andere ersannen und dann durchdacht haben? Nur ganz selten, in kurzen freundlichen Augenblicken, steuern wir, erwachsen, ausgebildet, gebildet, etwas von uns selbst Entwickeltes bei.

Ich nahm an der Diskussion teil, indem ich den Ausführungen lauschte, denn ich wollte unserer schönen Waltraud nahe sein, um ihr zuzuhören. Gab es noch etwas Besonderes hinter ihrer äußeren Erscheinung, die allein bereits, wie ich erstaunt bemerkte, meinen Blick auf sie in kurzer Zeit so sehr verändert hatte?

Erfühlt der Begehrte das Begehren eines anderen?

Wir richteten es ein, eine Absprache hatte nicht stattgefunden, dass wir den Heimweg gemeinsam antraten; mit Hilfe unverfänglicher Gespräche über weltbewegende Themen kamen wir uns nahe. Wir küssten uns, es gelang mir nicht, Leidenschaft vorzutäuschen – ein schlechter Schauspieler war ich! Was war das Besondere hinter ihrer äußeren Erscheinung?

Ich begleitete sie nach Hause. Sie wohnte in einer Scheibe einer Reihenhauskette. Nach der Trennung von ihrem Ehemann vor 14 Jahren, erzählte sie ungefragt, habe sie das ehemals gemeinsam bewohnte Haus behalten dürfen, weil ihr Partner, er sei Berufskollege, sich sehr großzügig verhalten habe.

Der Wohnbereich im Erdgeschoss des Hauses, es hatte insgesamt zwei Stockwerke und war unterkellert, war ursprünglich von der Haustür und dem Eingangsbereich durch eine weitere Tür abgetrennt gewesen. Diesen zusätzlichen Wärmeschutz hatte man entfernt, vermutlich, um die Wohnfläche zu vergrößern oder größer erscheinen zu lassen.

Im Eingangsbereich befand sich rechter Hand der Keller-
abgang, links die Toilettentür und daneben die Küchentür.
Vom Wohnzimmer aus, die Decke war in der Mitte mit einer
metallischen Stützsäule zusätzlich gesichert, führte eine steile
Treppe in den Schlafbereich. An der dem Eingangsbereich gegenüber liegenden Seite des Wohnzimmers blickte man durch
ein großes Fenster in den kleinen Garten, den man durch eine
Terrassentür auch betreten konnte.
Nur flüchtig konnte ich mich im Wohnbereich umsehen;
kurz nur hielten wir uns dort auf.
Ohne viele Worte entledigten wir uns unserer Schuhe; ziel-
strebiger als man es erwarten konnte, wandte sich Waltraud der
Treppe zu. Ich folgte. Ihre Füße waren in meinem Blickfeld;
die deformierten, abgeknickten Großzehen beiderseits – Hal-
lux valgus – erschreckten mich. Wir stiegen die steile Treppe
hinauf in die obere Etage, die als Schlafbereich ausgewiesen
war. Bei einer Umarmung begann ich, wortlos, sie zu entklei-
den, nicht nur, weil dies so üblich war in so einer Situation,
nein, zwanghaft beinahe.
Verlockend das weitere Vorgehen. Jedoch!
Leidenschaft gegen Verstand, Zaudern; welche Handlungen
ergeben sich aus diesem Duell? Wie endete diese Auseinandersetzung?
War es meine Unterleibsmalaise, Folge einer Krebsoperation,
war es vielleicht Waltrauds Gesichtsausdruck, der zu einer Beschäftigung mit einem Sudokuproblem passte? Es ist nutzlos,
dies zu entscheiden. Unser Abenteuer des Kennenlernens endete in diesem Moment.
Mit geschickt gewählten Worten hoffte ich, meinen Sinnes-
wandel, mein Verhalten, mein Versagen zu erklären. Schnell
zog ich mich zurück, schnell verließ ich die Stätte meiner und
ihrer Demütigung. Auf dem Weg zur nächsten Bushaltestelle
wurde mir bewusst, überdeutlich, dass ich bereits recht alt war.

An all diese Ereignisse erinnere ich mich; ein überaus unerfreuliches Ergebnis meiner Gedächtnisleistung.

Am nächste Tag, am 18.Juli, einem Mittwoch, dies entnehme ich meinen nicht immer sehr präzisen Aufzeichnungen, hatte ich mich in meinem Garten mit den Gehwegplatten beschäftigt, die, weil sie uneben lagen, eine Gefahr für Besucher darstellten. Ich hoffte, mit Hilfe dieser Gartenarbeit das peinliche Abenteuer am Vortag leichter zu verdrängen.

Am selben Abend noch hatte ich an meine ehemalige Kollegin Ulla einen Brief entworfen; ihn wollte ich am nächsten Morgen vervollständigen, eventuell verbessern und dann der Post übergeben. Weil ich meinem Gedächtnis misstraue – man möchte doch wissen, was man vor fünf, zehn Jahren gedacht und geäußert hat – wandern diese Entwürfe nicht in den Papierkorb. Ich habe nachgelesen:

Juli desselben Jahres

Liebe Kollegin,
vor einigen Tagen habe ich im Kino die Verfilmung der beiden italienischen Opern Cavalleria Rusticana und I Pagliacci (Der Bajazzo) gesehen. Regisseur des Films ist Franco Zeffirelli. Ein anrührendes, bemerkenswert schönes Opernerlebnis. Warum dieses wohlwollende Urteil, wirst du wissen wollen.

Immer wieder wird bei so einer Bewertung, sei sie positiv oder negativ, diese Frage gestellt; über eine Beantwortung haben wir uns auch in unserem Literaturkreis die Köpfe heiß geredet.

Es gäbe Einzelheiten, die man in meinem Falle lobend aufzählen könnte, wie z.B. die Tatsache, dass die erste der beiden Opern in einem realen italienischen Dorf spielt, dass mir die Sänger gefallen haben, dass mich die Handlung im »Bajazzo« berührte, weil sie auch unserer Situation in unserem Literaturkreis ähnlich ist: In der Oper wird aus dem Spiel auf der

Bühne ein reales Eifersuchtsdrama, das sich im Ensemble vor den Zuschauern abspielt, während in unserer Literaturrunde der spielerisch-kreative, schriftstellerische Umgang mit einem fiktiven Selbstmord durchaus auch noch aus dem Ruder laufen könnte! Woran ich nicht einmal zu denken wage! Insgesamt müsste bei der Bewertung des Films das schlichte Urteil »Gefällt mir« ausreichen!

Was gibt es sonst noch zu berichten? Eine Sache noch, die wird Dich auch interessieren! Wir, Kurt und ich, wurden von den Übrigen, fast allesamt Lehrer, gefragt, warum das Schulfach Mathematik den Schülern so schwer falle. Du erzähltest mir neulich, dass ihr in Eurem Kollegium diese Frage auch untersuchtet. Wir sind zu dem Schluss gekommen, dass man zwar in diesem Fach auch lernen muss (heute redet man immer von büffeln) – sicher weniger als in einer Fremdsprache – aber zusätzlich noch kräftig üben sollte.

Dazu, zum Üben nämlich, unsere nicht ganz neue Erkenntnis, seien viele Schüler wenig bereit. Ohne dieses Üben, Anwenden, kann ein durchschnittlich begabter Schüler nicht erfolgreich sein; selbst ein Hochbegabter (sicherlich würde er aus Interesse üben) bliebe ansonsten hinter seinen Möglichkeiten zurück.

Ulla, die Du ja noch an der Front stehst, könntest diese Aussage in Deinen Fächern sicherlich leicht verifizieren!

Ich hoffe, es geht Dir gut!

Herzlichst ….

X

Einen Tag später, am Abend, unterhielten wir beide, Kurt und ich, uns lange am Telefon.

Warum prägt man sich, wenn auch nicht den Wortlaut, so doch den Inhalt mancher Gespräche besonders gut ein? Weil jene Gespräche mit Ereignissen verknüpft sind? In den naturwissenschaftlichen Unterrichtsfächern hofft man durch begleitende, eindrucksvolle Experimente das Gedächtnis beim Erinnern zu unterstützen. Was könnte man in unserem Fall als das eindrucksvolle Experiment ansehen?

Wir redeten über Erlebnisse in unserer Jugend, über unseren jeweiligen Werdegang. Kurt erwähnte seine Arbeit als Gärtner, seine Lehrzeit; er erzählte, wie er sich auf der Abendschule auf das Abitur vorbereitete, in Niedersachsen die Prüfung ablegte und die Hochschulreife erlangte.

Ich wiederum berichtete von meinem Scheitern auf einem Hamburger Gymnasium, von meinen sportlichen Bemühungen, die mich ablenkten von meinen schulischen Verpflichtungen aber auch von der häuslichen Misere.

Von meinen Auseinandersetzungen mit einem Erdkunde- und Mathematiklehrer erzählte ich, den ich verachtete und der offensichtlich meine Verachtung spürte und daraufhin, wie ich fest glaubte, seine Boshaftigkeit an mir ausließ.

Wir diskutierten die Frage, warum man dem drohenden Unglück nicht aus dem Weg geht. Denn seinerzeit, das erzählte ich, ahnte ich, was mir durch jene Lehrkraft widerfahren würde. Ist es Trägheit? Oder ist es denkbar, dass man das Unglück herbeisehnt?

Wir lachten über Besonderheiten früherer Tätigkeiten, die wir ausübten, um Geld zu verdienen: Über Kurts Beschäftigung als Gärtner am Ufer des Stadtparksees, ebenso wie über meine Arbeit als Heizer zweier öffentlicher Schulen oder als Hilfskraft bei einem Tischler, der Modelle für Bauherren und Architekten anfertigte und der, um Personal abzubauen, ausgerechnet mich auswählte.unschöne Erinnerungen, ohne Dazutun stets gegenwärtig!

XI

Freitagabend blieb Kurt unserem regelmäßigen Zusammentreffen fern.

Wir Übrigen dachten zunächst an eine Verspätung; ein Irrtum, wie sich nach einiger Zeit herausstellte.

Am folgenden Tag, ein Samstag also, machte ich mich auf den Weg, um ihn aufzusuchen.

Er wohnte in nordöstlicher Richtung außerhalb der Stadt, wie bereits erwähnt, in einem Haus, das abseits, in einer kleinen Seitenstraße in einem verwilderten Garten lag.

Ich betrat sein Haus, denn Kurt hatte mir bereits vor längerer Zeit, für Notfälle, hatte er damals gesagt, einen Haustürschlüssel anvertraut. Das Haus schien unbewohnt zu sein.

Auch der Papagei, der in der Regel in seiner, dem Haus angeschlossenen Voliere herumturnte, war samt Transportkäfig fort. Das Wohnzimmer war sehr sorgfältig aufgeräumt, an der Haustür, unterhalb des Briefschlitzes lagen weder Zeitungen noch Briefe.

Die Zustellung war wohl abbestellt worden?

Auf dem leeren Wohnzimmertisch, der sonst stets mit Zeitungen bedeckt war, lag ein Blatt Papier in DIN A4- Format, sorgfältig entfernt aus einem Schreibblock. In seiner akkuraten, gut leserlichen Handschrift, der Individuelles, Künstlerisches gänzlich abging, hatte er, offensichtlich an mich gerichtet, zwei Zeilen hinterlassen und mit seinem Namen, Kurt, unterschrieben.

Man sieht, am Ende wird stets die Zeit knapp!

Adieu, lieber Freund! Kurt.

Ich verließ das unbewohnte Haus, verschloss sorgfältig die Haustür und machte mich auf den Heimweg.

Die Hamburger Abend Zeitung, abgekürzt HAZ, die, dem

Namen widersprechend, am Morgen zugestellt wird, berichtete in ihrer Sonntagsausgabe vom 22.Juli von einem Toten, den die Wasserschutzpolizei am Sonnabend in den frühen Morgenstunden in einem Kanal in der Nähe des Stadtparksees, gefunden hatte.

Der leblose Körper, so wurde der Sprecher der Polizei zitiert, habe, eingenäht in einen großen Jutesack, in der Nähe einer Brücke im Wasser getrieben. Der linke Arm, wurde noch erwähnt, sei frei gewesen, weil die Naht, mit welcher der Sack verschlossen worden war, sich im Wasser ein wenig aufgelöst hatte. Ein Schuss in den Kopf habe vermutlich den Tod herbeigeführt. Aus dem Umstand, dass die Auftriebskraft größer war als die Gewichtskraft, könne man Schlüsse ziehen über den Todeszeitpunkt.

Ein rätselhafter Fall, das war der Tenor des Zeitungsberichts. Auch die Identität des Toten, ging aus dem Bericht hervor, war noch nicht bekannt.

Ach, wie genau entsprach diese Beschreibung der Vorlage, die Hans, unser Zahnarzt, sich ausgedacht und uns als seinen schriftstellerischen Versuch präsentiert hatte.

Detailgetreu hatte sich Kurt, nach dieser Beschreibung musste er es sein, daran bestand kein Zweifel, an die Anleitung des Schöpfers gehalten.

Diebstahl geistigen Eigentums!

Wie wird mein Freund vorgegangen sein?

Er wird sich des Nachts, malte ich mir aus, mit öffentlichen Verkehrsmitteln, auch zu Fuß, in den Stadtpark begeben haben. Er wird sich auf die Brückenbalustrade gesetzt haben und sich dann in den Jutesack eingenäht haben. Vermutlich wird es dann so abgelaufen sein, wie von Hans beschrieben. Er wird die linke Hand, die unbehinderte, frei gelassen haben. Mit ihr wird er die Pistole ergriffen, mit ihr wird er den gezielten Schuss in den Kopf abgegeben haben. Wenn alles wie vorgesehen verlaufen war, wäre er dann, eingenäht in den Jutesack mitsamt der Waffe, die ihm dann aus der Hand rutschte, in das Wasser geplumpst.

Hat es sich so abgespielt? Hat kein Fahrzeug in dieser Zeit die Brücke passiert? Wo und wann hatte er sich die Waffe besorgt? Was wird er gedacht haben in der kurzen Zeitspanne, in der er auf dem Geländer der Brücke saß, bis er mit der linken Hand den Schuss in die Schläfe auslöste?

Sein Herz wird wohl schneller geschlagen haben, denke ich, insbesondere während dieses Wimpernschlages zwischen endgültigem Entschluss und der Ausführung. Sein Denken wird ausgerichtet gewesen sein auf das, was er vorhatte; ich glaube nicht, dass Anderes, dass Ablenkendes, dass weiter Zurückliegendes ihm in den Sinn kam.

Alles Vermutungen! Denn wir wissen wenig über solche Augenblicke. Schauen wir uns um!

Was ist bekannt über die erwünschte Tötung der Henriette Vogel durch Heinrich von Kleist am Ufer des Kleinen Wannsee im November 1811? Seine anschließende Selbsttötung an gleicher Stelle? Einiges ist verbürgt: Die beiden zum Suizid Entschlossenen seien in den Stunden vorher recht ausgelassen gewesen. Und der Dichter habe an seine Vertraute, seine Schwester, geschrieben, er sei zufrieden und heiter. Weiteres bleibt auch hier ein unlösbares Geheimnis.

Der aufmerksame Leser wird diese Aussagen als diejenige wieder erkennen, die kürzlich von Kurt getätigt wurden als wir unbefangen, nichts ahnend, über den Beitrag unseres Gruppenmitglieds Hans diskutierten. Ich will den Vermittler dieses Wissens, meinen Freund, an dieser Stelle keineswegs verschweigen, genauso wenig, wie mein bedauerliches Nichtwissen, wenn ich nach den Gründen von Kurts Tat befragt werde.

Und seine letzten Gedanken? Psychologisierende Interpreten der Umstände solcher schrecklichen Ereignisse versuchen sich bisweilen darin, die Gedankengänge mancher Selbstmörder offen zu legen. Von Glücksgefühlen, die den Handelnden überkommen, wird geredet. Kann er nicht auch zornig sein oder voller Hass auf den eigenen Körper, wenn dieser nicht mehr funktioniert wie erwartet. Nein, nur vermuten können wir. Möglicherweise war ihm, ganz zur Tat bereit, der erheiternde Einfall gekommen, homo ludens bis zum Ende, dass er Hans, den verspotteten Zahnarzt, seines geistigen Eigentums beraubte.

XII

Am nächsten Tag, es war ein Montag, früh am Morgen, bei angenehmem Wetter, daran erinnere ich mich sehr genau, hatte ich die beschriebene Unglücksstelle, die Brücke am Kanal, aufgesucht.

Der Stadtparksee, eine wichtige Stätte meiner Kindheit, denn im Sommer wurde im See gebadet und in den meisten Wintermonaten auf dem Eis Schlittschuh gelaufen, lag vor mir, wenig verändert im Vergleich zu damals.

Das Schwimmbad existierte noch; im See, dem Ufer nahe, auch noch die sogenannte Liebesinsel, die über eine kleine Brücke vom Festland zu erreichen war.

Ich stand und schaute. Warum hatte Kurt diese Wasserstraße für sein Vorhaben ausgesucht, weshalb jene Brücke, die den Kanal dort, kurz vor der Einmündung in den See, überspannte? War es die Lage der Brücke oder gab es andere Gründe für die Wahl? Haben Erzählungen aus meiner Jugend, von den Rennfahrern Siggi Wünsche und Schorsch Meier, vom Motorenlärm, den sie beim Training im Stadtpark während des Schulvormittags erzeugten, ihn auf die Idee gebracht, so dachte ich damals.

Ich erinnere mich, als ob es gestern war:

Ich überquerte die Brücke zur Liebesinsel. Beim dortigen Bootsverleih hatte gerade der rüstige Rentner, der hier am Wasser seine knappe Altersversorgung aufbesserte, indem er sich um die Boote sorgte und sie den Wassersportlern zuteilte, seine Lektüre beim Morgenkaffee unterbrochen.

Er war erkennbar ein belesener Mann. Er hatte an jenem wunderschönen, sonnigen Sommermorgen in einem rot gebundenen Fontaneband von Irrungen und Wirrungen und Hankels Ablage gelesen, nachdem er zuvor aus der Zeitung in anderer, großer Aufmachung von einem geheimnisvollen, brutalen Mord ganz in seiner Nachbarschaft erfahren hatte; von Spielschulden, Nähe zur Mafia oder Ähnlichem war die Rede gewesen.

Vor meinen träumenden Augen bestieg ein nett anzuschauendes Paar ein Ruderboot. Der junge Mann und sein Mädchen waren Arm in Arm über die Brücke zu dem Bootsverleih geschritten; die beiden jungen Menschen schienen froh gestimmt zu sein, sie lachten häufig, ganz sicher waren sie verliebt. Vielleicht sogar glücklich? Das Mädchen vielleicht! »Sicher, ja, so war es! Ja, das Mädchen war glücklich, ganz glücklich und sah die Welt in einem rosigen Licht. Sie hatte den besten, den liebsten Mann am Arm gehabt, sie genoss eine kostbare Stunde. War das nicht genug? Und wenn diese Stunde die letzte war, nun, so war sie die letzte. War es nicht schon ein Vorzug …«

Plagiat! Diebstahl geistigen Eigentums? Bei Fontane abgekupfert. Oder: Geschickte, legitime Nutzung der Ergebnisse menschlichen Denkens oder menschlichen Sprachgefühls?

Das Mädchen nahm auf der Bank im Heck des Bootes Platz, ihr Begleiter ergriff die Ruder und trieb das Boot mit kräftigen, gekonnten Armzügen auf den See hinaus.

Der um Wahrheit bemühte Chronist dieser Geschichte hat nun tatsächlich das Ende des ausgewählten Zeitintervalls erreicht, obwohl doch der Tag, wie wir erfahren haben, gerade erst begonnen hatte.

Nun konnte er sich den leichteren, mit Schicksal weniger schwer beladenen Lasten des ununterbrochen laufenden Förderbandes zuwenden.

Was hat er noch aufgeschrieben über diesen Morgen?

Er spürte damals, hatte er notiert, angeregt durch die Stille, den von Westen her wehenden sanften Wind, hörte das Rauschen des Berufsverkehrs in der Ferne und das monotone Rascheln der Blätter an den Bäumen am Wasser.

Und das nächste literarische Zusammentreffen, auch das lesen wir, sollte umständehalber, Dave hatte das vorgeschlagen, frühestens erst wieder in der folgenden Woche stattfinden.